記憶の小瓶

高楼方子

クレヨンハウス

人の幼少期の話は、
自分の幼少期の記憶を呼び覚まします。
この極私的な回顧話に意味があるとすれば、
その一点に尽きるでしょう。

もくじ

ドブに落ちたこと　8
鼻の穴やグランドホテルのこと　14
四畳半の夜と朝　20
映画以前の話　26
さまざまの遠い庭　32
劇と鉄拳　38
ひだまりのうんざり　44

祖父の執念　50
善意の吉凶　56
お母さんたち　62
途中の道　68
卒園の頃　74
入学の頃　80
しっかり者の正体　88
隣のおばさん　94
汗水流して　100
法螺話の毒　106

本の底力　114
Tさんの災難　120
少しずつ自由に　126
力あまって　134
「ジプシー」との出会い　142
空想の果て　148
毛虫やらネズミやら　154
じゅん子ちゃんの絵・のぶ子ちゃんの作文　160
マルやチビや　166
官舎の日々の終わり　174

あとがき 184

イラストレーション　たかどのほうこ
ブックデザイン　池田進吾（67）

記憶の小瓶

ドブに落ちたこと

二歳になったばかりの頃だ。

明るい光と子どもたちのにぎやかな声に包まれて、のどかな心持ちでいたその次の瞬間、黒々とした闇《やみ》と、もわんとして音もない世界に自分がいることに気がついた。

(ははあ、落ちたのだな)

と思った。家の前の道は、片端がドブになっていて、どろどろの汚水がいつも澱《よど》んでいた。私は、姉や近所の子どもたちとそのあたりにいて、不意にどぶんと落ち、ずぶずぶと沈んだのだ。

闇と沈黙のただ中にころがっていた、あの（たぶん、長いはずはない）時間のことを、繰り返し思い出しながら大きくなった。恐ろしい体験だったからではなく、ドブの中で、一生懸命に考えて結局わからなかったことが、そのまま心にひっかかってしまったからだ。

ははあ、落ちたのだな、と思ったすぐあとに頭をよぎったのは、あ、死ぬのだな、でもこれでいいのだ、という思いだった。もともと私は、こことそっくりの所にいたのだもの、あの明るい所に私がいたのは間違いで、本当はこういう所にいるはずなのだ、だからこれでいいのだ、と思ったのだ。そして、ところで「こういう所」とは、はていったい、どこだったろう……と懸命に考えているその途中に、ぱっと光が差して私は救出され、謎《なぞ》は、宙ぶらりんのまま、いつまでも心に残ったのだ。

「こういう所」とは、おなかの中にいた時のことに違いない、とずいぶんあとになって気づいた。二年前くらいのことなら、誰しもが、つい最近のこととして記憶している。ということは、二歳の人間が、二年前のことをからだのどこかに記憶していたとしても、それほど意外なことではないのではないか。

死ぬのだな、と思いながら、かすかな恐怖さえ感じなかったのも、もといた所に戻れるという安心感があったせいだと思う。もしかするとこれは、さまざまな事態で命を落とさざるを得ない、小さな子どもたちへの自然の配慮なのかもしれない。幼ければ幼いほど、胎児《たいじ》時代の記憶は近く、その分だけ、死に至る独《ひと》りぼっちの暗闇《くらやみ》も、恐怖から遠い、安らかな場所になりかわり、子どもを包むのではないだろうか。

だから、大人になるほど死は怖《こわ》くなる。でも、怖くなる分だけ、明るい光の世界で、大勢の人たちと一緒に過ごすということなのだから、きっと辻褄《つじつま》は合うのだろう。

さて、ぱっと光が差すと同時に、私は再び明るい世界に引き戻され、そのままずうっと生き続けることになったのだが、引き戻された瞬間のことが、また一つの謎なのだ。闇《やみ》を切り裂くようにして現れたのは、静かな笑みをたたえた天女《てんにょ》のように美しい女の人だった。

だから、一件落着《いっけんらくちゃく》したあとで、「ほら、助けてくれたおばさんでしょ」と、見なれた近所のおばさんに引き合わされた時の驚きは、それはもう大きかった。いったいどういうわけで、あのように見えたりしたものか、奇妙なことがあるものだ、と今も思う。

それに続く光景は、庭の中の小道を、私の前に立ち、家に向かって進んでいく姉の後ろ姿と、家の裏口から飛び出してくる母の姿。そして、耳鼻科と眼科とを、母に連れられて超特急で駆《か》け抜けた、そのところどころのかすかな場面だ——。

診察の結果、悪いところは一つもなく、騒《さわ》ぎは無事におさまった。

けれども、母がこの騒ぎのことを語る時には、いつも、姉の泣き叫ぶ声から始まる。火のついたような泣き声に、あわてて裏口から飛び出すと、庭の小道を泣きじゃくる姉が歩いてくる。母はてっきり姉がどこかを痛くしたものと思い駆け寄るのだが、泣きながら必死に叫び続ける姉の言葉を聞くと、「まあちゃん死んだらこまるうー！まあちゃん死んだらこまるうー！」と言っているのだった。

まあちゃんとは、私のことだ。何のことやらわからぬままに、母が姉の後ろを見ると、そこに、にこにこ笑っている真っ黒の固まりがあり、ここでようやく、すわ一大事、となり、できうる限りのすばやさで行動した件《くだり》に、話は進んでいく。

この話を聞かされるたび、私は、「まあちゃん死んだらこまるうー」という姉の言葉の部分で、たちまち、鼻の奥がツンとなる。ドブの中で、私が平静に死を思い、ここに似た所はどこであったかと思案していた間じゅう、姉は動転《どうてん》していたのだ。

一歳半年上なだけの幼い姉が、そのようにあわて、妹を失う恐怖に怯《おび》えながら慟哭《どうこく》しつつ家に向かって歩いていったのかと思うと、かわいそうでたまらないような、ありがたくてならないような気持ちになり、なんだか泣きたくなるのだ。そして同時に、幼い子どもがもつ真《ま》っ当《とう》さに、はっと目を覚《さ》まされもする——。

遠い遠いこの一度きりの出来事は、こんなふうに、記憶の中に棲《す》み続け、時折《ときおり》浮かび出てきては生きているという当たり前の日常を、つんつんと突《つつ》くのだ。

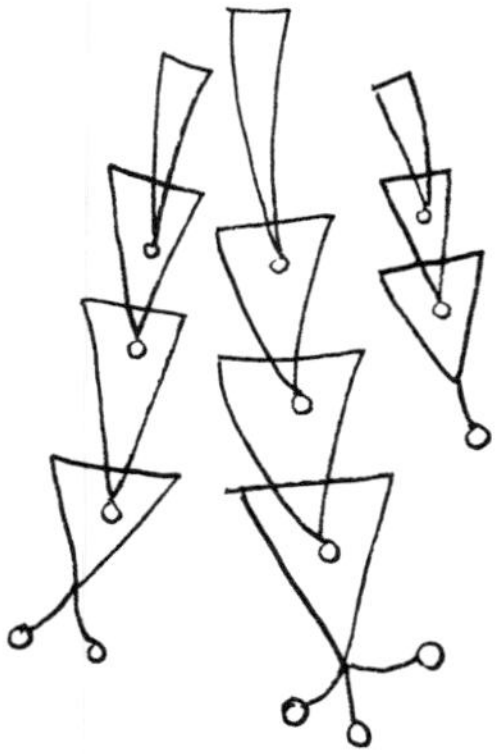

鼻の穴やグランドホテルのこと

生家《せいか》のすぐ近くのごく小さな官舎に、家族四人で引っ越したのは、二歳半の時だ(曾祖父母《そうそふぼ》と祖父母のいる家で大家族を続けるかわりに、核家族になったのだ)。

その半年後にはそこを出て、いくらか広い別の官舎に引っ越すことになるのだが、コンクリートの小さな官舎で過ごした二歳半から三歳にかけての半年間は、区切られた場所と期間のせいだろうか、周辺の光景と絡《から》み合った記憶の片々《へんぺん》で満ちている。愚かしく、とりとめのない片々で。

洋服箪笥《だんす》の扉には、縦長の鏡が付いていた。でも私がその前に立ってみても、映《うつ》るのは鼻から上だけだ。しかも、背伸びをし、鼻の下をぐっと伸ばしてやっとそれだけ映ったのだ。ある時、そんな具合にして鏡の縁《ふち》ぎりぎりのところにある鼻の穴にじっと目をこらしていると、意外なことに気がついた。鼻の穴は、二つのような気がしていたのに、三つあったのだ。指でなぞってみると、三つの穴を順に押さえてゆく指が映る。確かに三つだ。

(そうか、二つの人と三つの人がいるのだ。それとも、二つになったり三つになったりするのかもしれない)

私の鼻の穴は、しばらくの間、三つだった。ところがある日、鏡をのぞくと、穴は二つになっていた。

「わたし、前、鼻の穴三つだったよね」

そう母に尋《たず》ねて、きっぱり否定されて以来、それは心にかかる謎《なぞ》となって残った。

たぶん鼻の穴の呪《のろ》いは、鏡の縁の、屈折率の違う鏡面《きょうめん》に関係があったのだろう。不思議な呪いは、身長の伸びとともに、解《と》けていったのだと思う。

洋服箪笥の鏡といえば、遊びに来ていた近所の子どもと一緒に、のぞいていた時のことを思い出す。鏡の中に、隣の部屋にいる母が映《うつ》った。すると、「でぶってるね」とその子が言った。私は急にうれしくなって「でぶってるね」とまねしてみた。「ふとってる」という言葉なら知っていたし、「でぶ」という言葉も知っていたのだが、「でぶってる」という言葉は聞いたことがなかったのだ。そういうふうにも言うのかと知ったらうれしくて、その子とからだを寄せ合い、くっくと笑いながら、「でぶってるね」と繰り返したのを思い出す。しまいに母はプンプン怒り出し、私たちは叱《しか》られたのだ。

その時のゆみちゃんは、病気にかかり、子どものままで死んでしまった。

どの言葉を、いつどのようにして習得したかを覚えていることが確かにある。

その一つが、外に出て、官舎の屋根をぼんやりと見上げながら、しきりと考えていた言葉だ。「たま」と「たまたま」と「たまに」という三つの言葉の違いを、ぼうっとしながら考えていたのだ。

「たま」は、近所の猫の名前だから簡単だった。でも、あとの二つははたして同じなんだろうか。たまたま……たまに……たまたま……たまに……。屋根を見上げながら考えていたために、その二語は、官舎の屋根の形に、どうしても結びついてしまう。だからなのだろう。そうだ、それを知りたかったんだと思い出し、母に尋ねて教えてもらったのは、外出からの帰り道、官舎の屋根が見えた時のことだった。

二つの言葉を並べたとたん、私の目には、今もあの屋根が見えてくる。

ごく小さな子どもにとっても、外国語の響きは、なんだか特別に聞こえる、というのはどうしてなのだろう。その頃私は、大人たちの会話の中に、「グランドホテル」という言葉がしばしば混じるのを耳にした。それが何なのか、わかるはずもなかったが、少なくとも、どこかの場所らしいという察しはついた。「グランドホテル」という言葉には、どこか厳《いか》めしくて怖いような、おなかがぎゅっとねじれるような、それでいて抗《あらが》いがたい、魅力的な響きがあった。

「今日はグランドホテルに行く」と父が言うのを聞くと、大きな洞窟《どうくつ》の奥へ入りこんでいくような、大きな波にさらわれてしまうような、不気味《ぶきみ》さを感じて心配になった。でも何度も何度も耳にするうちに、魅力が怖さにとってかわった。私は「グランドホテル」に行きたかった。

あれは日曜日だった。「グランドホテルに行く」と父が言った。そして、どこでどういうことになったのか知らないが、姉がついていくことになった。姉だけが！　どんなに泣いて頼んでも、私の願いは聞き入れられず、二人は出かけていったのだった。

私は母と並んで官舎の玄関先に立ち、父と姉が、切り通しの道を丘に沿って歩いていく後ろ姿を、ずっと、ずっと、ずっと見ていた。涙の中で小さくなってゆく二人の後ろ姿の先に、「グランドホテル」の幻《まぼろし》が、ぼうっと浮かんでいたのを思い出す。

ある晴れた日に、私たちは十分ほど離れただけの次の官舎に引っ越した。私もそれらしいいでたちで箱を幾つか抱《かか》え、人々に混じってそこに向かった。(わたしも引っ越しの荷物を運んでる！　ほら、ちゃんとわたしも、運んでるんだよ！　わたしは大きいんだよ！)

得意でたまらなかった、あの道を思い出す。

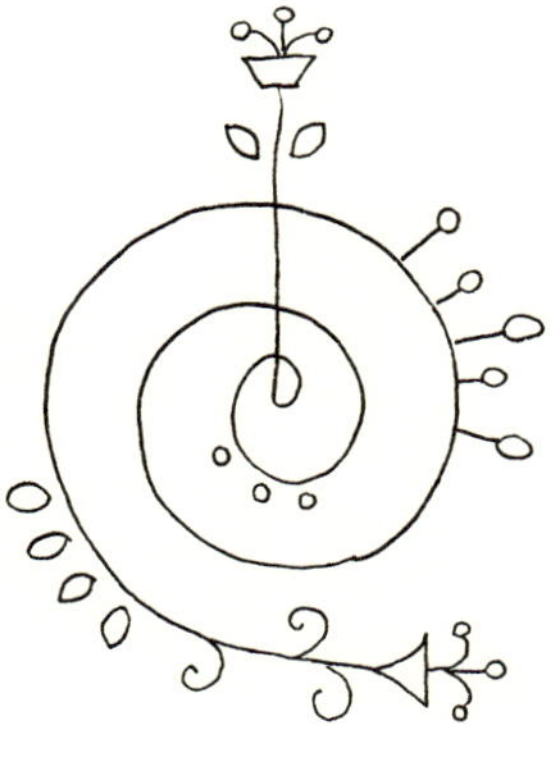

四畳半の夜と朝

越してきた官舎では、北向きの四畳半《よじょうはん》が、子ども部屋になった。といっても、子どもが日中、おとなしく部屋におさまっているわけもなく、そこが私たちの部屋だと感じるのは、夜、布団《ふとん》に入る時、そして、朝、目覚《めざ》める時だ。

私と姉はよく、着物の着付けに使う紐《ひも》（を何本かつなげて長くしたもの）を、それぞれ一本ずつ握って布団に入った。こちらの端《はし》は私たち、もう一方の端は、別の部屋でまだ起きている母が握る仕組みだ。

「ぜったい持っててね」「うん、ちゃんと持ってるよ」という約束を交《か》わして寝たあと、つんつん、と引っ張って確かめる。すると、つんつん、と手応《てごた》えがあり、安心するというわけだ。たとえ襖《ふすま》が閉《し》められていても、隙間《すきま》をすり抜け、へびのように畳を這《は》って母とつながっている紐のおかげで、手をつないでいる気がして、うれしかった。つんつん――つんつん。つんつん――つんつん。いい気になって繰り返していると、「これっ、いいかげんにして、もう寝なさい！」という声が遠くから飛んでくる。私は暗闇《くらやみ》でへへっと笑い、ぜったい朝まで、持っていよう、と心に誓って眠るのだった。

ところが、目覚めるたびに、紐の先端が枕のはるか上方の畳の上にあるのを発見する。お母さんは、ちゃんとつかんでてくれるのに、どうして私は放してしまうんだろう、どうしてあんな所まで行っちゃうんだろうと、いまいましかった。手首に縛《しば》りつけて寝るのは禁じ手だったから、朝、紐を持って目覚める、という理想の状態はついに訪れることはなかった。

ずいぶんあとになってから、子どもたちが寝入ったとたん、母がするすると紐を引っ張って布団から遠ざけ、自分もさっさと手放して勝手に動き回っていたという事実を知った。もういい歳《とし》をしていたはずなのに、うぬう、そうであったか、だまされたあ、という気分はどうしても拭《ぬぐ》えず、結構《けっこう》、むっとしたのだ。

私たちはまた、(むろん、紐を持たなかった晩に)暗闇《くらやみ》の布団の中で、「パーマ屋さん」をやることもあった。これが、大人の目の届く所では営業できない種類の、バカバカしくもおもしろく、かつ乱暴なパーマ屋なのだった。

一人が美容師さんになり、一人がお客になる。美容師さんは、向こうを向いたお客の髪を、まずちょこちょこっといじったあとで、「ではドライヤーをかけます」と告げて、お客の頭に枕をのせる。お楽しみはここからだ。こね回し、ひねり回し、叩《たた》きつけ、殴《なぐ》りつけ、揉《も》みつぶし、押しつぶし、「熱いですか? 熱いですか?」と聞く。お客は、呻《うめ》き声を必死でこらえつつ「だいじょうぶです……だいじょうぶです」と答える。そこで再び、枕にこぶしをあてがい、ボコスコ、ボコスコと連打《れんだ》し、あるいは万力《まんりき》のように締め上げ、のしつぶす。

「かかりましたか?」

「……はい、かかりました……」

そこでようやく枕が取《と》り除《のぞ》かれるのだ。

お客になった立場から言えば、あれはまったく気持ちのいいものだった。頭はふらふら、ぼおっとかすみ、芯《しん》はじい〜んとしびれて、本当に、パーマがかかったような感じなのだ。そして、どういうわけか、おかしくておかしくてたまらず、二人で、声を殺して笑いこける。ひとしきり笑うと、「次、あたし、お客ね」と言って、今までの美容師さんは、向こうを向き、恐ろしい手が振り下ろされる瞬間を、わくわくとして待つのだ——。

かくも野蛮《やばん》な遊びに興じていたわりには、姉は、なかなか繊細《せんさい》な子どもだった。鼻血を出してみたり、車に酔って吐いてみたり(どちらにも無縁《むえん》の私は、そういう場面を見るたび、いいなあと思っていたものだ)、あるいはまた、眠れないということも、しばしばあったらしい。

ある朝、目を覚ました私は、枕元に、クリスマスでもないのに、プレゼントらしき箱が置いてあるのを見つけた。蓋《ふた》を開《あ》けると、なんと中には、紙の子ザルと、その着せ替え用の服が何着も入っている。帽子やバッグの小物まであった。すべて、画用紙に色を塗って作られた、きれいなきれいなものだった。予期せぬ贈りものなだけに、もう目はぱちくり、本当にうれしかった。

それは、姉と母とが、小人の靴屋さんよろしく、深夜の茶の間で、こそこそと作り上げたものだった。眠れない姉が母を起こす。そこで母は、「それならいっそ、真夜中は工作の時間!」とばかりに姉を励《はげ》まし、寝間《ねま》着《き》姿のまま、二人わくわくとテーブルに向かい、私を驚かす算段《さんだん》をしたのだった。

それを聞いた時は、心が千々《ちぢ》に乱れた。目覚めたら枕元にプレゼント、というのは、身にふりかかる出来事としては、相当《そうとう》すばらしいほうに入るのは確かだ。でも、夜中のテーブルに、画用紙やハサミやのりやクレヨンを広げて、お母さんと工作するのだって、相当いいほうの出来事に決まっている。ああ、どっちがいいだろう……。子ザルの着せ替えをするたびに、欲深く、悩んだことを思い出す。

二年前のこと、アムステルダムの美術館の中で、突然、こともあろうに、あの四畳半がありありと甦《よみがえ》った。あの頃、あの部屋の壁にかかっていて、朝な夕なに眺《なが》めていた、チューリップ畑に建つ風車の絵（の本物）に不意に出くわしたからだ。湧《わ》き出した記憶の数々が、絵の鑑賞を邪魔《じゃま》し続ける。けれども、その記憶を呼び覚ますのは、凝視《ぎょうし》され続ける絵なのだ。その矛盾《むじゅん》のような、あまりにも私的な時間。でも私が秘《ひそ》かに好むのは、こういう質《たち》の時間なのだ、と思う。

映画以前の話

まだ幼稚園には行っていなかったはずだから、四歳前後のことだと思う。「バス映画」というのがあった。ちょうど図書館バスくらいの大きさの、窓という窓が暗幕《あんまく》でおおわれたバスが巡回してきて、街角に止まる。すると、どこからともなく子どもたちが湧《わ》いて出て、バスガイドさんにお金を渡し、闇《やみ》にのみ込まれるようにして、一人ずつ、するっするっとバスの中へと姿を消していくのだった。満席になったところで、バンとドアが閉められる。

大人の同伴《どうはん》はお断りだったから、外から眺《なが》める真っ黒い窓のついた小さなバスは、子どものつまった別世界のように見えた。そんな思いも手伝ってか、映画が終わってバスから出てくる時には、みな、まぶしげな顔を一様に輝かせ、自分たちだけが何か特別な体験をしてきたように得意げなのだった。

「バス映画」が来てるよ、という声が近所から聞こえてくると、私の胸はドキドキし、もやもやした。見たい。けれど、きっと今度もだめだろう。そう思うと、行く前からもう、だんだん辛《つら》くなるのだ。座席数の問題ではなく、勇気の問題だった。私は、闇の中に入っていくことがどうしてもできなかったのだ。

けれどある時、ついに勇気を奮《ふる》い、姉に続いてバスのステップに足を乗せた。が、幕の隙間《すきま》の暗がりに、大きい男の子たちがずらりと座っているのが見えたとたん、足がすくんだ。母が励《はげ》まし、背中を押す。とたんに涙がどっとあふれた。ああ、やっぱり、どうしてもだめだ。私だけは、またしてもバスの外に残ったのだった。

「きれいな音楽が鳴って、青い水の上をスワンがすうっとすべっていくの。そこがすごーくきれいだった！」

その日、姉は、青く輝く湖とスワンの話を繰り返し、私はうっとりと耳を傾《かたむ》けながら、なぜあの時、もう一歩、踏み込めなかったのだろう、と激しく悔《く》いた。そして、ぜったいぜったい、この次こそは、と力んだ。けれど、その日はもうこなかった。それが最後の「バス映画」だったのだ。

美しい調《しら》べとともに現れる、きらきら光る青い湖。その上を、真っ白いスワンが二羽、すうっとすべっていく――。その光景を、あまりに何度も思い浮かべたので、私はそれを「思い出す」ほどになってしまった。しかも必ず、真《ま》っ暗闇《くらやみ》のバスの座席に座っている私の目で、思い出す。首を伸ばし、前方のスクリーンに目をこらしている私の目で。

これもまた、映画の周辺のこと。

官舎の近くに役所があり、講堂のような所で映画会が催《もよお》されることがあった。もうまるで子どもを無視したプログラムなのだけれど、そんなことはおかまいなし、映画会といえば、官舎に住む者は、子どもも大人もこぞって出かけた。

子ども向けではないうえに、中に入ると、もうたいてい始まっているのだから、何が何だかわけがわからない。

その日もまた、わけのわからないまま画面を見ていると、突如《とつじょ》、たいへんな場面に出くわした。マンホールの蓋《ふた》を開《あ》けたら、その中に買い物カゴを持ったパーマ頭のおばさんが、しゃがんだ格好《かっこう》で入っていたのだ。そのおばさんの顔が映《うつ》されて驚いた。なんとあれは、お母さんではないか……！　お母さんは目を開けたまま、死んでいた。画面の中では人々が、おばさんの身元がわからずに、誰だろうと騒《さわ》いでいる。母はその日、用があるからあとで行くと言い、私たち子どもだけが先に映画会に来ていたのだった。……ああ、お母さん、買い物に行っている間に殺されて、マンホールに入れられてしまったんだ……。

私は、脂汗《あぶらあせ》を流し、心臓をバクバクさせ、声にならない声で画面に向かい、

「知ってるよ、その人、お母さんなの、お母さんなの」

とつぶやき続け、たいへんなことになってしまった、困った困った困った……と動転《どうてん》し続けた。極度《きょくど》の衝撃と恐怖の中で、泣くこともできないまま、私はすがるように左右を見回した。

するとまあ、斜《なな》め後ろあたりに、母が座っているではないか。とっさに、ああよかった、生きていたんだ……と思った。

が、同時に混乱が始まった。マンホールの中で死んでいたのに、どうしてここに？じゃあ、あのおばさんはいったい誰……？

あれはお母さんではなかった、とわかったことは大いなる救いではあったが、恐怖と混乱が軽減されたかといえば、されなかった。マンホールの中にぐにゃっとしゃがみ、うつろに目を開けていた死んだおばさんの姿は、忘れてしまいたいと、どんなに望んでも、目に焼きついて離れていかなかった。その夜はもちろん、その後も、幾日も幾日も離れていかず、小さな子どもを悩まし続けた。

見たかった光景と見たくなかった光景が、年月の中で丸められ、同じ大きさになって、記憶の隅《すみ》に並んでいる。

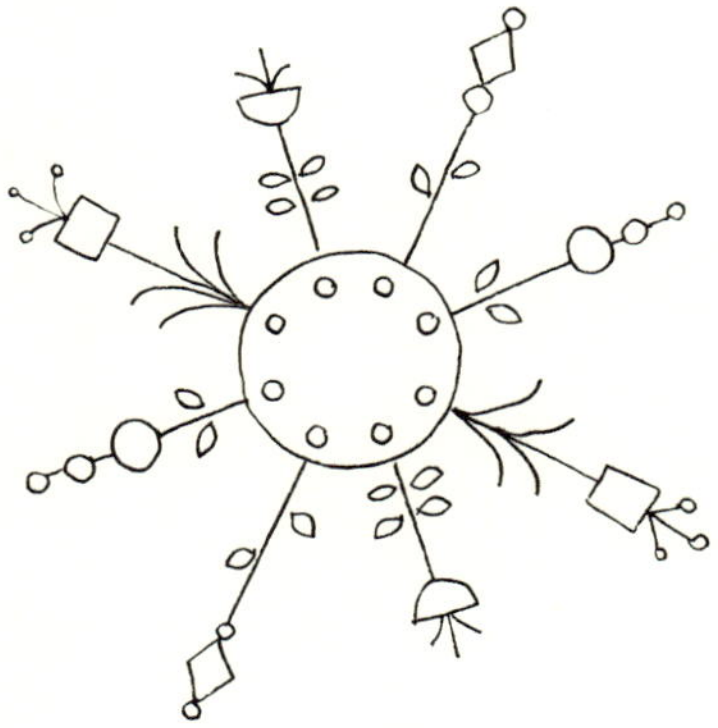

さまざまの遠い庭

姉が幼稚園の遠足に出かける日、私は私で母と二人の遠足に出た。といっても、私と母が目指すのは、曾祖父母《そうそふぼ》と祖父母が暮らす家。何のことはない、二歳半まで暮らし、ふだんもしょっちゅう訪れる、官舎から歩いて七、八分の所にある、通称「おばあちゃんの家」だ。それでも「え、そんなとこ?」なんて思わない。帽子をかぶり、リュックをしょい、水筒をぶらさげ、ゴザなどを抱《かか》えて意気揚々《いきようよう》と進んでいく道は、もういつもの道ではない。「おばあちゃんの家」の門を入るけれど、玄関には向かわずに、家の横をぐるりと回って裏庭まで入り込む。そうやってたどり着き、どこにしようかと相談しながら眺《なが》める庭は、ふだんの庭とはどこか違う。さあ、ここの木陰《こかげ》、と決めてゴザを敷き、やれやれと靴を脱いで座る。土の上に敷くゴザの上は、ひんやりと硬い。そして、楽しみのお弁当。母と向かい合い、おしぼりで手を拭《ふ》き、おにぎりを頬張《ほおば》り、水筒の水を飲む……。曾祖父母や祖父母が縁側《えんがわ》のあたりから、「おや、いいねえ」といった類《たぐい》の声をかけたりする。祖母くらいは、家から差し入れの一つも持ってきて、一緒に座ったようにも思う。

よく晴れた日、木々の影はくっきりと濃く、濃い緑に茂る葉が、そよ風に揺《ゆ》れてちらちらしている。私はうれしいのと何だかおかしいのとで、にこにこ、くすくす笑わずにはいられない。そして、「遠足」の日の「おばあちゃんの家」の庭が、いつもより、ずっと鮮やかに輝いて見える不思議を、思っている。

ある日の庭の思い出は、ちりちりと胸にささる。

それは、姉が幼稚園に行き、母が洗濯などしているそばでぶらぶらしていた、ふだんの午前中のことだった。
「おばあちゃんの家」に行くことを思いつき、一人で、てくてく出かけていった私は、祖母と一緒に花の咲く庭に立ちながら、ふっと祖母をだましてみたくなったのだった。私は花バサミを手に花を切っている祖母に向かって、「そういえば、おかあさんに、お花をもらってきてって言われたの」と嘘《うそ》をついた。祖母は、「おやそう」とまじめにあわて、熱心に花を選び、花束にしてくれた。家に帰ると、母は「わあ、もらってきてくれたの!? 気がきくこと。ちょうどお花が欲しかったところ」とほめてくれた。この時の誇《ほこ》らしかったこと! でも私にとってもっと意味があったのは、小さな自分が、一度に二人の大人を操《あやつ》ったなんて、すごい! という驚きだった。

次の日、賢《かしこ》いようでも猿知恵の私は、再び、花咲く庭を訪れて、前日とまったく同じことを試みた。祖母は、「ほんと?」と尋《たず》ねたが、その日も花束を持たせてくれた。母はそれを見ていぶかったので、「おばあちゃんがくれたんだよ」と言ってすましておいた。今日も、まずまずうまくいったなと私はほくそ笑んだ。

そしてまた次の日。無謀《むぼう》だと知りながら、突き動かされるように私は庭を訪れて、同じことを試みた。祖母は黙って三度目の花束を作ってくれた。そして、私を送っていくと言った。困ったことになった……と思ったが、打つ手はない。――官舎が近づくにつれ、悪事《あくじ》の発覚が、刻々と近づく。あの道の胸の動悸《どうき》と脂汗《あぶらあせ》……！

花の中に祖母と並んで立ち、「これ、ちょっと切ってみて」「あっちもいいなあ」と指図していたあの庭の風景は、スリルと快感と、後ろめたさを含んで揺れている。

その庭には、本当にたくさんの思い出がある。日が差している光景を多く思い出すが、ごくごく小さい頃、まだそこで暮らしていた、一歳だった頃のある日の記憶は、灰色をしている。

裏口から、ふらっと庭に出てみたくなった私は、庭の中の小道をまっすぐ進み、花の咲いている所まで行って、花を眺めていた。すると、裏口のあたりから、

「おばかさーん、おばかさーん！」

と呼ぶ声がし、母が顔を出した。

その時、ぼんやりとした頭で考えた。あれれ？　私、もっと違う名前じゃなかったかなあ……でも「おばかさん」と呼んでいる……私の名前って「おばかさん」だったのかあ……。

そう考えながら、なおもそこに立っていると、母がこっちへ走ってくる。そしてちっとも怖くない調子で私を叱《しか》り、抱き上げる。そうか小雨《こさめ》の降る中を、素足のまま、ぺたぺた家から出てきたから、「おばかさん」だったのだ、ということを、ぼんやり理解する。この、ぼんやりした記憶が灰色なのは、小雨の日の出来事だったからなのだろう。

庭の中の小雨には、もう一つ思い出すことがある。

雨粒が、ぽつりぽつりと落ち、地面に一つ二つ三つ、染《し》みを作るのを窓から眺めていた時、速く走れば雨に濡《ぬ》れない！　と思いついたのだ。雨が一粒落ちる前に、さっと通る。次の雨粒も、落ちる前にさっと通る。それに、雨と雨の間はあいているから、ちょっとからだをずらしながら走れば、きっと一つも雨に当たらない！　そう思ったとたん、庭に飛び出し、走ってみた。でも庭には、柵《さく》があったり、木があったりして、すごく速く走る、というわけにはいかないところが残念だった。それでも、あっちへ走り、こっちへ走り、からだを斜めにずらしてまた走った。へんだなあ、濡れないはずなのになあ……と思いつつ、濡れながら走っていると、とうとう母が気がついて（その時に「おばかさん」と言ったかどうかは忘れたけれど）、私はまた叱られたのだ。

記憶はどんなものも否応《いやおう》なく、その場の光景と結びついて甦《よみがえ》る。何かの思いとともに庭の一角が立ち現れてくる時、それがたとえ苦い記憶であったとしても、どこか、すがすがしい空気のようなものを含んでいるのは、背景を彩《いろど》る、木々の緑や、花や葉の力によるのではないか……そんな気がするのだ。

劇と鉄拳《てっけん》

官舎から少し離れた、バス道路を渡った先に、私より六、七歳年上の小学生の女の子がいた。よその家の二階を間借りして、叔母《おば》さんと二人で住んでいたのだ。その叔母さんが母の親しい友人だったので、母に連れられて、しばしば遊びにいきはしたが、小さい子どもにとって、六、七歳年上のお姉さんといったら、もうまるで「大きい人」で、一緒に遊ぶというよりは、その子が鉛筆で絵を描くのを惚《ほ》れ惚《ぼ》れと眺《なが》めて帰ってくる、というようなものだった。「のり子ちゃん」というその女の子は、大人でさえ、思わず目が釘づけになるくらい絵がうまかったのだ。

のり子ちゃんは、たいてい卓袱台《ちゃぶだい》に向かい、分厚いノートに絵を描いていた。漫画なのだけれど、その絵柄は少女漫画というよりは外国ふうの劇画で、吹き出しはほとんど使わず、コマの下に、なんと英語で（ローマ字だったに違いないのだが）台詞《せりふ》を書き込んでいるのだった。私を見ると、それを脇によけ、「どんな格好《かっこう》がいい？」と尋《たず》ね、リクエストに応えて、「ドレスを着たまあちゃん」や「舞妓《まいこ》さんのまあちゃん」や「スチュワーデスのまあちゃん」などを次々と描いてくれる。さらさらさらっと動かす鉛筆の下から、魔法のように生まれ出る素敵な自分をじっと見ているのは、なんという快感だったろう。

けれど、のり子ちゃんは、官舎の子どもたちで構成されがちな「近所の子どもたち」の中には含まれていなかったから、その辺を走り回って遊ぶ日常の暮らしの中に入ってくることはなかった。

ところが、その日はどういうわけか、私と姉と、そう親しくもない近所の三、四人の子が、のり子ちゃんの所に上がりこみ、劇をしたのだった。のり子ちゃんがお母さん、一番小さい子があかちゃん。その他は子ども。時代設定はやや昔。のり子ちゃんは、子守《こもり》のように日本手拭《てぬぐ》いをおでこの上で縛り、お腰《こし》などを巻き、私たちは、押入れから出してもらった浴衣《ゆかた》のような丹前《たんぜん》のようなものを身にまとい、のり子ちゃんの指揮のもと、不幸に見舞《みま》われた家族の物語を演じていたのだ。

のり子ちゃんは、物語を作る力も、演技の力もみごとで、私たちはみな、二階の部屋の中を（一間だった気もするし、二間を一間にしていた気もする）いろんな場所に見立てて、所狭《ところせま》しと動き回った。波瀾万丈《はらんばんじょう》の物語はクライマックスを迎え、一家は夜逃げをすることになった。のり子ちゃんは窓のカーテンを引き、ぶら下がった電球の黒いつまみをカチッと回して電気をつけた。そして、あかちゃんを背負った母親役ののり子ちゃんを先頭に、荷物を持った子どもたちが、哀愁を帯《お》びた歌をうたいながら、ぐるぐるぐるぐる、野を越え山を越えたのだった。——それはそれはおもしろく、こんなに楽しい遊びがまたとあろうかというほど、みんなみんな、のめり込んで演じた。その時だった。

ガラガラガラッ！　と、下の方で裏口の戸の開《あ》く音。そして母の怒鳴《どな》り声――。

私たち官舎の子どもたちは全員、囚人《しゅうじん》のように引き立てられて家路《いえじ》についた。家に入り、茶の間の壁に、並んで立たされた私と姉は、修羅《しゅら》というか般若《はんにゃ》というか、怒りに狂って顔が突っ張らかったようになっている母に見下ろされながら、文字どおりぶるぶる震えた。あれほど激しく叱《しか》られたことは、後にも先にもないと思う。尋常《じんじょう》ならざる声が、「何時かわかってるの！」と怒鳴る。空はまだうっすらと明るかったのに、もう七時を回ろうとしていた。

母は、二人の子どもがいったいどこへ消えたかと、血眼《ちまなこ》になって近所じゅう駆《か》けずり回り、心当たりはすべて当たったと思った末に、ひょっとすると……と、のり子ちゃんの所をのぞいてみたのだ、という話をガンガンまくし立て、そして、握《にぎ》りこぶしにハアーッと息を吹きかけて、ガツーン！　ガツーン！　と、私と姉の（なんと頭を）一回ずつ殴《なぐ》った。

むろんのこと私たちはワンワン泣き騒《さわ》ぎ、母は怒りにまかせてのり子ちゃんに対しても、それまで口にしたことのないような悪態《あくたい》をついて、そしてやっぱり泣いた。その悪態によって、そういえばのり子ちゃんは、親とは暮らしていないということや、この時間になっても、働く叔母さんはまだ帰らず、つまり一人でずっとあの部屋にいるのだということや、のり子ちゃんのために、誰も夕ごはんを作ってはいなかった、ということや、そしてこれがのり子ちゃんの日々の暮らしなのだ、というようなことに、私は気づいたのだった。

あの鉄拳《てっけん》のすさまじさは、とうてい忘れられるようなものではなかったが、のり子ちゃんの指揮のもとに演じた劇の楽しさそのものは、いささかの揺《ゆ》るぎもないまま、ただただ、無類《むるい》におもしろかったこととして、心に残っている。物語の絶頂期に、不意に断ち切られたことの無念さも手伝って、よけいに心に刻まれたのかもしれないし、またあるいは、まばゆいばかりの鉄拳があったからこそ、いもづる式に心に定着したとも言えるのかもしれないが、あの劇をもっともっと続けたかった、あの劇をもう一度やりたいと、何度も何度も思ったものだ。

のり子ちゃんの、類《たぐい》まれなる絵のうまさ、物語作りのうまさ、演じるうまさ、それらはひょっとすると、大人たちが、心を痛めたり、または眉《まゆ》をひそめたりしがちな、あのたった一人で過ごさざるを得なかった長い時間によってもたらされた、特別の贈りものだったのかもしれない。

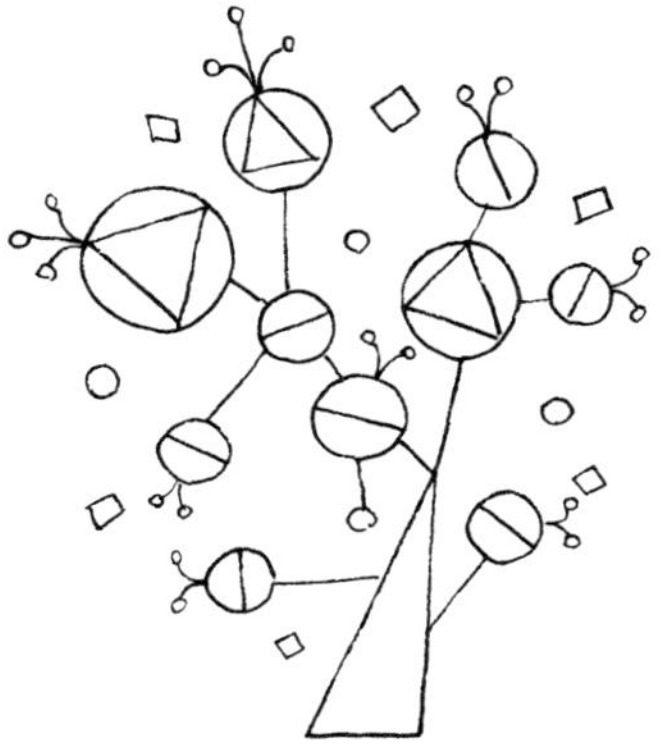

ひだまりのうんざり

幼稚園の日々を思うと、明るい陽《ひ》に縁取《ふちど》られた、のどかな楽しい気持ちと一緒に、うんざりした気分、とでもいうようなものが込み上げてくる。それをずっとたどっていくと、悲しみや、悔《くや》しさや、もどかしさや、恥ずかしさにつながっていることもわかるのだけれど、その手前で生あくびのような気怠《けだる》さにつかまってしまう。

たとえばある日の園庭。ブランコの周《まわ》りにたむろしていた、気持ちのいい日のことだった。

「百まで数えられる」と、一人の女の子が言い出して、私とその子は数え始めた。けれど、平和なひとときは、四十九で不意についえた。その子が次に、「百」と数えたためだった。

「五十だよ」と私が言い、「百だよ」とその子が言う。そこで私は極めて論理的（だと私は思ったのだが）に、「四の次は五なんだから、四十九の次は五十でしょ」と言う。するとその子は、「四の次は五でも、四十九の次は百だよ」と、非論理的にも言ってのけ、たむろしていた女の子たちをぐるりと見回して、「ね？」と聞く。みんなが口を揃《そろ》えて、うん「百だよ」と答える（その子がゾウアザラシに似た、クラス一大きな子だったことと、きっと関係があったのだろうと今では思う）。

だが、ここまではまだよかったのだ。

私は焦《あせ》る心を抑えつつ、再び試みる。

「四の次は五だからね……」

そこへ現れたのが先生だ。

「先生に聞こう、先生に聞こう！」

子どもたちがさえぎって叫ぶ。救われた、と私も思う。

「先生、四十九の次は、百だよね？」

先生はにっこり笑って、「うん、百よ」と答える。なんたる悪夢――。

あれはいったい何だったんだろう？　ゾウアザラシの子の非論理は、幼稚園児だからまあ仕方ないかと思うとしても（尻馬《しりうま》に乗った子どもたちは、ゾウアザラシの子の脅威《きょうい》に屈《くっ》したのだから、これも仕方ないとして）、先生のは、いったい何だったんだろう？　実は話なんか聞いていなかったのだ、という気もするし、わざと私に意地悪したようにも思う。後者のように考えていくと、ひどく悲しく、そして恥ずかしい気がする。

何であれ、あの時私は、周《まわ》りじゅうが、すっかりきれいに狂ってしまった世界で、口をアプアプさせながら、一人凍りついていくような感覚を味わったのは確かだったのだが、それが通り過ぎたあとに残ったのは、何か、うんざりするような気分だった。（バカげた回想と笑うなかれ。これと似たことが、なんと容易《ようい》に、現実の社会にも起《お》こり得《う》ることだろう！）

こんなことも思い出す。

ある日、先生が、「粘土は切っちゃだめ。錆《さ》びるからね」と堅く言いそえて、新品のハサミをみんなに配った。時間が終わると、私たちは、お菓子の空《あ》き箱の中にハサミを返す。毎日、そのようにハサミはあてがわれ、そのたびに、「粘土は切っちゃだめ、錆びるからね」と念を押された。しかしそれにもかかわらず、まるでフトクできているたいがいの園児連中は、平気でどしどし粘土を切り、その結果、菓子箱の中の半分以上のハサミがすっかり錆びてしまったのだった。

と、ある時先生が言った。

「ハサミに名前をつけたので、これからは自分のものを使うように」

私の名前がぶら下がったハサミを受け取った時、私は泣きたくなった。汚らしく錆びたハサミが当たったことの悲しみ、というよりも、そんなハサミに自分の名前がついていることの屈辱感《くつじょくかん》が耐えがたかったのだ。「私は粘土を切りました」と告白させられ、刻印《こくいん》され、晒《さら》し者《もの》にされたような気がしたのだ。この先、私はずっとそれを使うことになる。けっして粘土を切らなかった私が。その一方で、どしどし切った子どもたちの手には、ピカピカのハサミが握られているのだ。

こんなの何だかヘン……と、先生に伝えてもよかったのに、と思う。でもそれはきっと、「私もピカピカのハサミがいい」とごねる頑是無《がんぜな》い欲求か、またはせいぜい「私は粘土を切っていないのだから、ピカピカのハサミをもらう権利があると思う」というかたちの訴えとなって、表に出ることになったろう。むろん、最終的には、そういうことが言いたいのだ。でも伝えたいのは、もっと別のこと……。名前の付《ふ》された錆びたハサミが、こんなふうに私の心を辛《つら》くするのだ……というようなことを。けれど、そんな言葉を、幼稚園児はもっていないのだ。

それにあの時、本当は、とっさに思ったのだ。先生は、この汚いハサミを、わざと私のにしたのではないかしら……と。私がおとなしい子どもで、文句を言って騒《さわ》ぎたてたりしないから……。それとも、私に意地悪がしたかったのかもしれない……。

そうして結局、どんな抗議の言葉も口から出ることがないままに、ただなんとなく、気怠い午後のように、うんざり、うんざりとしてゆくのだ——。


今となっては、幼稚園児たちが黄色い帽子なんぞかぶって、ピヨピヨ歩いているのは微笑《ほほえ》ましい。とんちんかんなことを叫んで騒いでいる姿もおもしろい。でも、頭のなかで、すうっとその中の一人になってみると、あのうんざりした気持ちが、やっぱり、じわっと甦《よみがえ》ってくるのだ。

祖父の執念

　ダッコちゃんが大流行した年のことだから、五歳の夏だったと思う。

　私は祖父と並んで、朝の海岸を散歩しているところだった。函館山《はこだてやま》の中腹《ちゅうふく》にある、母方の祖父の家に泊まりにいった翌朝は、しばしば、坂を下り、港まで足を延ばすのだった。岸辺に並んだ色とりどりの船、まっすぐ海に突き出た堤防《ていぼう》、釣《つ》り人たち、空を舞うカモメ……。そんなものを見ながら進む夏の朝のそぞろ歩きは、またとない楽しみだった。

　その朝、歩きながら、私は祖父相手に、ダッコちゃんの話をした。そういうものがあり、いいなあと思っている、ということを話したのだ。その時分、ダッコちゃんは東京にあるばかりで、函館では（確か）まだ売られておらず、祖父などは、流行に疎《うと》い年配者らしくダッコちゃんの名前さえ知らなかったから、腕にくるんとしがみつく仕組みであることや、目がウインクしていることなどを、せっせと語って聞かせたのだ。祖父は、ただ「ほうほう」と私の話を聞いていた。

と、その時、ちょうど通りかかった港沿いの家の窓から、なんとそのダッコちゃんが柱にくっついているのがのぞき見えたのだった。もっともそれは、まんまる顔の、あの黒い正統なダッコちゃんではなく、全身が緑色したカッパのダッコちゃんだったのだけれど。

「ほら、あれがそうなの、ああいうのなの！」

私が指差すと、祖父はつつっとその窓に歩み寄り、じいっとそのカッパを見つめ、そしてしまいに、「よし、まかせなさい」というようなことを口走った。そのとたん、いやあな予感が脳裏をかすめた。祖父の取りそうな行動を瞬時に察したからだ。予感は的中した。祖父は次の瞬間にはもう、音吐朗々《おんとろうろう》、「ごめんくださーい！」と掛け声しながら、その家の玄関を開《あ》けていたのだった。

中から出てきたおばあさんと祖父とのやりとりを思い出すたび、私は今でも身が縮む。

「だんなさん、いくら頼まれても、あれは孫の大切なものだから、お譲《ゆず》りできないんですの。やっとやっと手に入れたんですの」

おばあさんはしきりとあやまり、

「そこをなんとか、お願いします。このとおりです。どうかひとつ」

と、祖父は帽子を取ってしきりと頭を下げた。ついさっきまで、祖父の世界に、かけらも存在していなかったダッコちゃん人形が——しかも、私も知らなかったようなカッパバージョンが——今やまるで百年来《ひゃくねんらい》探し続けた秘宝のような切実さで、懇願《こんがん》され始めたのだ。

私は祖父の後ろで小さくなりながら、「おじいちゃん、やめとくれよお、そりゃあ無茶苦茶《むちゃくちゃ》だよお、その子のものなんだよお」と心の中で叫び、おばあさんが根負《こんま》けして、譲ってくれでもしたらどうしようと、はらはらし続けた。結局、おばあさんの守りは固く、私は安堵《あんど》し、祖父は悔《くや》しそうにして、その家を辞《じ》したのだった。

おそらく、玄関を出たその時、「ダッコちゃん」は、祖父にとっての到達すべき目標となり、執念の火もまた、ぼっと灯《とも》ったのに違いない。


それから何日か過ぎた昼下がり、幼稚園から帰って玄関を開けた私は、あっと叫んだ。身《み》の丈《たけ》十センチほどの、ちんちくりんとしたダッコちゃんが、部屋に続く引き戸の縁に、ぎゅっとしがみついてこちらを見ていたのだ。私を驚かせようと、そんな所に人形をくっつけて準備していた母が、にこにこ顔で部屋から出てくると、「おじいちゃんがね」と話し出した。

それは、あの朝以来、祖父が探求にこれ努めた、ひとまずの成果として届けられたものだった。息を入れてふくらますビニル製ではなく、カチンと硬い黒光りのするゴム製だったし、なんといってもそのサイズだったから、正式のダッコちゃんというわけには到底《とうてい》いかなかったが、私はそれでもうれしくてうれしくてたまらず、そのちんちくりんの豆ダッコちゃんは、たちまち一番のお気に入り人形になったのだった。もっとも、うっかり落ちている人形を踏みつけた日には、ヒッと呼吸が停止するほど、痛い目にあったけれど。

さて、豆ダッコちゃんに、私がもうほとんど満足していたその一方で、祖父が飽《あ》くなき野望《やぼう》に燃え、さらなる高みを目指して着々と励《はげ》んでいたことが、後に判明した。ある日、玄関を開けた私は、以前豆ダッコちゃんがしがみついていたのと同じ位置に、これこそは正真正銘《しょうしんしょうめい》の、これ以上は望みようのないほどの、完璧《かんぺき》なダッコちゃんが、ぎゅっとしがみついてこちらを見ているのに、いきなり出会ったのだった。厚地のビニルにぴんと空気が満ち、皺《しわ》ひとつなく丸々とふくらんだ、大きな、かわいい、正しいダッコちゃんは、オレンジ色の腰蓑《こしみの》をつけて、ウインクしていた。それを見たとたん、どんなにどんなにこれを欲しいと思っていたか、突然気づかされて胸がつまったのを思い出す。またしても私を驚かせようと、同じ手口で準備していた母が、今度もにこにこ顔で現れると、「おじいちゃんがね」と、やっぱり切り出したのだった。

祖父は、幾つものつてを頼りに、ついに悲願のダッコちゃんにまで到達し、腕に人形を巻きつけて闊歩《かっぽ》したいという幼い私の夢を可能にしてくれたのだった。その陰《かげ》に、泣きを見たどこかの孫がいたのか、いなかったのか――知らないのを幸いなことにして、私はただもうしみじみと、あのお人好しだった祖父の執念に、感謝したい思いなのだ。

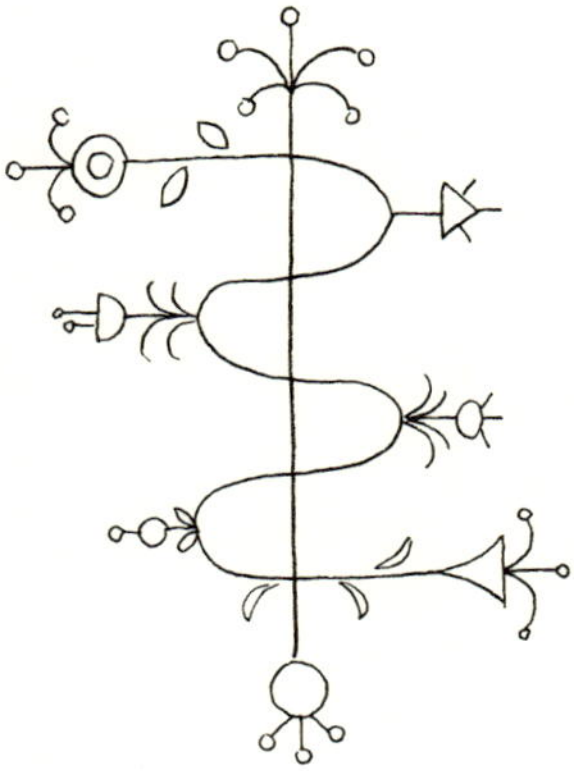

善意の吉凶《きっきょう》

「カール人形」という呼び名で流行《はや》っていた（と思う）、いうまでもなく、カールされた金髪ロングヘアの、横にすると青い目をつぶる人形を持っていた姉は、それに「カールちゃん」という、てらいのない名前をつけて、長いことかわいがっていた。

でも、しばらくすると、おもちゃ屋の店先に、短い髪のパーマ頭の人形が登場し始めた。頭じゅうをクルクルさせたその人形は、いかにもフェミニンな「カール人形」と違って、見るからに溌剌《はつらつ》としていて、何か、はっとさせるものがあった。

ある日のこと、台所から、しきりと何かを語る姉の声が聞こえてくるので近寄ってみると、夕食の支度《したく》をする母の隣で、姉は新製品のパーマ人形の魅力を、うっとり熱く語っているのだった。こんなふうで……あんなふうで……かわいくて……すごくモダンで……と、手振りをまじえ、それはそれは楽しそうに語っているのだ。その様子を見ていたら、誰だって姉を喜ばせたいと思っただろう。私も、一刻も早く姉の願いをかなえてあげようと、もう居ても立ってもいられないような気持ちになって、その場を離れたのだ。

善行《ぜんこう》は気づかれないように、そっと成《な》されなければいけない。ある時ふと、それに気づいた姉が、「あっ！」と驚きの声をあげ、ぱっと顔をほころばす、というのが私の狙《ねら》いだった。私は音をたてずにハサミと「カールちゃん」を見つけ出すと、ジャキ、ジャキ……と豊かな金髪を切り落としていった。

（あっ……！）と叫びそうになり、冷や汗がつつう……と流れそうになったのは、「カールちゃん」のピンク色の地肌が透《す》けた時だった。「カールちゃん」の金髪は、苗のように、一列、二列、三列と、行儀よく後頭部に植え付けられていたものの、畝《うね》と畝の合間はやけに広く、要するに横縞状《よこじまじょう》にきれいに禿《は》げていたのだった。

こんなはずではなかった、とはまさにこのことだ。私の思惑《おもわく》では、短くしてやれば、きれいにカールしていた部分が、スッとそのまま上に、というか全体に持ち上がり、憧《あこが》れのクルクル頭のパーマ人形が出現することになっていたのだ……。

けれど、とにかくこのままというわけにはいかない。私は、さらにジャキジャキとハサミをあてがい、こうなったからには、もう、ふつうのオカッパだろうと、刈り上《かあ》げだろうといい、という思いで、形を整えるべく必死に努めた。しかし、人形の頭といえども、剪定《せんてい》というのは、これがなかなかむずかしい。しかも道具は、ろくに切れない子ども用のハサミときているうえに、人形の髪は、どうも滑《すべ》りが悪そうなのだ。焦《あせ》る……地肌が透ける……焦る……切る……地肌が……。

そうこうするうちに、台所での会話も終局を迎えそうだ。すると姉が次にすることは、「あれ？　まあちゃんは？」以外にありえない。見とがめられずに、そこまでやれたことがむしろ奇跡だった。私は、そ知らぬ顔でその場を離れ、「フフフン、フフフン」と鼻歌などうたってみた。

「ある時ふと、それに気づく」代わり、姉は、部屋に入るや瞬時にしてそれを発見し、そして「あっ!」と驚きの声をあげた。そこだけは、思惑どおりに進んだわけだ。

「どうして、こんなことをしたの」

オイオイと泣きじゃくる姉の横で、母に幾度も聞かれ、責められたが、「おねえちゃんを喜ばせようと思ったの」という言葉は、ついに私の口から出ることのないまま、何年も、何十年も、過ぎてしまった——。


私のとっさの善意はみごとに裏目に出たけれど、姉がとっさに施《ほどこ》した善行が大いに功を奏して、だいぶ長い間、私を気分よくさせてくれたことがある。

姉がまだ低学年の頃だ。日本の子どもが描いた絵、というようなものに選ばれて(確か)モスクワの小学校かどこかに、作品が送られたのだった。

自分ではなく絵が行くにしても、とにかく外国に行くなどというのは、その頃の私たちには、想像を絶する、ただただため息が出るような事柄《ことがら》だった。

「いいなあ……おねえちゃんの絵……すごいなあ……。ああ、いいなあ……わたしの絵も、外国に行けるといいなあ……」

そう言いながら、何度も憧れのため息をついていると、

「あんたの絵だって行ったじゃないの。忘れたの？」

と姉は言うのだった。

「へ？　行ったっけ？」

「行ったよ、行ったよ！　小さかったから忘れちゃったんだよ」

「え、ほんと？　どこの国に行ったの？」

私は意外な喜びに顔をほころばせながら聞く。

「アメリカ」

と姉は答えた。

（いろいろなことを覚えてると思ったのに、そんな大事なことを、どうして忘れちゃったんだろうな。小さかったからかな……。どんな絵かいたのかなあ……）

そう思いながら、ルンルンルンと心も軽く、アメリカに渡った自分の絵のことを考えた。母に尋《たず》ねてみたが、しきりと首をかしげるだけで、役に立たなかった。誇らしいはずの出来事なのに、母の記憶からも、なぜかその件は抜け落ちているのだった。それでもそう奇妙とも思わず、私は絵に自信をもったりしながら、ずいぶん長いこと、そのことでは気分よく過ごしたのだ。

この姉の善意のでまかせは、充分に役目をはたし終えた頃、化けていたタヌキみたいに正体《しょうたい》を現《あらわ》した。私は失望するより、楽しくなってケラケラ笑った。笑いとばせるほど大きくなるまで、とっさの善意はながらえていたのだ。

お母さんたち

幼稚園に、ヨー子ちゃんという子がいた。ある日のこと、私とヨー子ちゃんは妙に意気投合《いきとうごう》し、帰りの時間がきても浮かれ気分が冷《さ》めなかった。しまいに、「一緒に家に行こう」とヨー子ちゃんが言い出し、私は勢いにのって、「行こう行こう！」と応じた。

幼稚園の門を出たとたん、行ったこともない方に向かって歩き出すヨー子ちゃんについて、私は平気で歩き出した。笑ったりふざけたり、飛んだり跳《は》ねたりしながら、知らない道を、どこまでもどこまでも、とことことことこ、二人で歩いた。途中の公園でちょっと遊び、また歩いた。ほんの少しの不安も後ろめたさも感じなかったのは、明るく、ぽかぽかした陽気のせいも手伝っていたのだろう。

ずいぶん歩いたはてに、とうとう「ここだよ」とヨー子ちゃんが言い、つながったような長い家の端《はし》の、暗い玄関を開《あ》けた。その時になって、じわりと正気《しょうき》が戻ってきた。

奥から出てきたヨー子ちゃんのお母さんは、眼鏡《めがね》をかけた太った人だった。

おばさんはよその子どもが一緒にいるのに気づくと、上《あ》がり框《かまち》にどんと正座して膝《ひざ》の上にこぶしを揃《そろ》えた。そして首を前に突き出し、眼鏡ごしに私の目をじっと見つめて、一言一言、しっかり教え諭《さと》すように言った。

「帰りに寄り道したら、だめ。お母さん、心配してるよ。どこに行ったんだろうなあ、遅いなあって心配してるよ。だめだめ。帰らなきゃだめ。すぐに帰らなきゃだめ」

顔を曇《くも》らせながら、おばさんがこんこんと説《と》く。ヨー子ちゃんはもう靴を脱いで上がり、だるまのようなおばさんの隣に立って、しらっとした顔でこっちを見ていた。

「さあ、早く帰りなさい」

私は玄関の戸をガラガラと開けて出て、外から自分でガラガラと閉めた。

独《ひと》りぼっちになると、そこがいったいどこなのか、とんと見当《けんとう》がつかなかった。けれども不思議と肝《きも》が据《す》わってきて、私は適当に歩き出した。知らない道を歩きながら、ヨー子ちゃんのお母さんについて考えた。あの人は、はたしていい人なんだろうか……。もっともなことを言ったわけだし、心配してもくれた。でも……でも……と考えた。

考えながらやみくもに歩いていたら、不意に刑務所の長い塀《へい》の所に出たので、ぎょっとすると同時にほっとした。刑務所といえば、家からずいぶん遠いのだった。でも、それでやっと方向がつかめたのだ。

再びずんずん歩き出しながら、思った。大人になってお母さんになって、子どもがこんなふうに友だちを連れてきたら、どこに住んでるか、その子に聞こう。そして、「もう一人で帰れる」とその子が言う所まで、一緒に行ってあげよう。寄り道はだめよ、と歩きながら話せばいいのだ。あたりの風景が親しいものになった時、いよいよ思った。私はヨー子ちゃんのお母さんのようにはしない。ぜったい、ぜったい、しない、と思った。

一年生のクラスに、ミワ子ちゃんという、うるさいくらい元気のいい子がいた。ある土曜日、私とミワ子ちゃんは急に気が合い、一緒に学校から帰った。私の家は学校から近く、ミワ子ちゃんの家は遠い。ミワ子ちゃんが思いついた。

「ねえ、一緒に帰って、昼ごはん、うちで食べようよ。ね？　食べよう？」

ミワ子ちゃんは、私についてくると、玄関先で、その思いつきを母に伝えた。母は、いぶかしそうにしていたが、結局、ランドセルを置いて身軽になった私は、ミワ子ちゃんと一緒に、ミワ子ちゃんの家に向かったのだ。

道中は楽しかった。電車通りを渡り、さらに進むと、眼下に、国鉄の職員宿舎の群《む》れが、あっちにもこっちにも広がって延びているのが見える。道を下り、その中に入り込んで、右へ左へ曲がりながらどんどん行くのは、迷路のようで楽しかった。やっと着いたミワ子ちゃんの住まいは、宿舎の二階だった。

「ただいまー！」と叫んで、玄関に入ったミワ子ちゃんのあとから私も入ると、そこはもう部屋の中で、ミワ子ちゃんのお母さんがすぐそこにいた。お母さんはほうきでその辺を掃《は》いていたが、なぜかムッとしているようだった。ムッとしていなければ、きっときれいな人に違いないのに、眉毛《まゆげ》がミミズのようにくねり、顔が歪《ゆが》んでいた。いやあな予感がした。と、その時、きれいなはずのお母さんが、いきなりキレた。

「このバカッタレーッ！　友だちなんか連れてきやがって何考えてんだよーっ！　バカヤローかあ、おまえはーっ！」

いやあ、あれにはブッタマゲました！

凍《こお》りついた、というのがふさわしいだろうか。「あ」の形に口を開けたまま、私は立っていたと思う。

ミワ子ちゃんは、バツが悪そうにもじもじし、涙をにじませた目をパチパチさせて、暗い声で私にあやまった。私はあわてて玄関を飛び出し、下まで降りてから二階を見上げると、ミワ子ちゃんが、悲しそうな顔で、上から手を振ってくれた。

帰り道は情けなかった。ミワ子ちゃんがかわいそうにも思った。お母さんのあんなところを、友だちにはきっと見られたくなかっただろうに。でもそれにもまして、なんといっても衝撃的だったのは、ミワ子ちゃんのお母さんによってもたらされた、「大人の女の人も、あんなふうに言えるものなんだなあ」という、ドキドキするような「驚異的新知見《きょういてきしんちけん》」だった。

とはいうものの、いつかまねしてみたいなんて、これっぽっちも思いはしなかった。それどころか、お母さんになったら、子どもの友だちの前で、ぜったい、ぜったい、怒るまい、あんなふうにはむろんのこと、どんなふうにも怒るまい、と思いながら、来た道を戻ったのだ。

子どもの時の誓《ちか》いどおり、私は、ヨー子ちゃんのお母さんのようにも、ミワ子ちゃんのお母さんのようにもならなかった。もっとも、こう電話がはびこった今、そういう状況に陥《おちい》ること自体が、そもそもないのだけれど。

途中の道

　幼稚園には、官舎の子どもたちと三人で、三十分ほどの道のりを歩いて通った。トンちゃんは、お人形のようにかわいい顔をしたわがままな子で、トン子ちゃんは、子ブタのようにぷくんとしたおとなしい子で、この二人が、まるでお姫様とお付きの人のようにワンセットになっているところに、私が加わって三人で行く、という具合だった。真ん中になるのは、むろんトンちゃんだ。

　降っても照っても通い続けたあの道の、いろんな景色の中で、周《まわ》りじゅうが真っ白だった冬のある朝のことは、ちょっと特別だ。

私たちは、はめていた手袋でそれぞれ人形を作り、作り声を出して、人形に話をさせながら歩いた。

私のサーモンピンクの手袋人形は、二人の人形よりも、それに私自身よりも、ずっと雄弁でひょうきんだった。人形は、おおげさに身をよじらせながら、あることないことしゃべり出し、やがて『ジャックと豆の木』そっくりの冒険譚《ぼうけんたん》を（とりたてて好きな物語ではなかったはずなのだけれど、なぜか）、人形自身の身に起こった出来事にしつらえて、二つの人形を相手に滔々《とうとう》と話し始めたのだった。

するとそのうち、トンちゃんの向こうにいたトン子ちゃんが、ぐるっと回ってきて私の横に張りついた。私は二人に挟《はさ》まれた格好で、手袋人形を動かし続けたが、その頃にはもう、二つの人形は姿を消し、トンちゃんとトン子ちゃんが、じっとじっと耳を傾《かたむ》けていたのだった。

幼稚園での一日を終え、門を出て少しした時だった。

「ね、ね、早く、人形作ってよ」

とトンちゃんが私を突《つつ》いた。

「そうだそうだ、ねえ、それからどうなったの？」

トン子ちゃんも、さっそく隣に回ってきてせかした。一瞬、何のことだろうと思ったが、朝のことを思い出したとたん、驚きが胸に広がった。朝にしゃべったことを、この二人が帰りになってもまだ覚えているなんて！（トンちゃんとトン子ちゃんは子どもっぽいというのが、とんちんかんな言動の目立つ二人についての、ひそかな私の思いだった）。そういう二人が、こんなことを言い出すなんて！　私はあわてながら、急いでサーモンピンクの人形を作り上げた。

そのとたん、間に幼稚園での時間などなかったように、お話の世界が立ち上がり、再び甦《よみがえ》った。でも、もっともっと引き延ばさなければ、手袋人形版『ジャックと豆の木』は終わってしまう。ハラハラしながら一生懸命に考えて「お話」をひねり出し、語り続けた。

この時のことは、静かな驚きとともに、心に残った。「お話」というものは、あの二人の注意を引きつけておくことさえできるのだ、という驚き。そして、いつもなんとなく隅《すみ》の方にいて聞き役を務めることの多かった自分に、それを語る術《すべ》があったのだ、と気づいたことへの驚きだ。

これはまた別の、途中の道。

私たち姉妹と、近所のサッちゃんの三人は、バスに乗ってピアノを習いに行き始めた。やはり幼稚園の頃のことだ。

ピアノを習いにいく、ということが、どうしてあんなにもお気楽でドタバタしたお祭り気分だったのか、思えば不思議なのだが、その先生についていた二年間というものは、行ってから帰ってくるまで、私たちは始終《しじゅう》へらへらしていた。

バスの中では、吊革《つりかわ》につかまろうと飛び跳《は》ねては運転手さんに叱《しか》られ、先生の家では、一人が弾《ひ》く間じゅう、あとの二人が叱られ、自分が弾いている間じゅう、あとの二人のしていることが気になって叱られた（つまり常にみな、叱られたわけだ。なにしろ二段ベッドの上段の布団《ふとん》の上で、先生のアメリカのペンフレンドが送ってくれたという、歩く人形で遊びながら、待ち時間を過ごすようにと、先生から言われたりするのだから、ピアノどころじゃない、というものではないか）。

秋の終わりだったと思う。浮かれ気分の帰り道、バスを降りると、もう真っ暗だった。そこから官舎までの道は三人で歩かなければならない。暗い道は、ちょっぴり怖く、でもぞくぞくと楽しかった。飛び跳ねても踊っても、人から見えないのもいい。そこで私は、夜道を歩くための歌と踊《おど》りを作った。と書くのもはばかられる、それは、おもしろくもおかしくもない、退屈な詞とメロディーと振り付けの「作品」なのだけれど、姉とサッちゃんは、寛容《かんよう》な質《たち》だったので喜んだ。

どのくらいしょうもないかというと、これくらいだ（メロディーを伝えられないのが幸いだ）。

「満月、半月、お月様。

きらきら光るお星様。
ろうそく灯《とも》して歩きましょう。
懐中電灯で照らしましょう。
火事になってもいいように、
用意をしておきましょう」

これをがなりたてながら、揃《そろ》って手を振り上げ、空を指差し、腰をかがめ、少しずつ前進する。その翌週も、またその翌週も、これが気に入って繰り返した。私たちは、そのたびに込み上げてくる笑いをこらえながら、夜の家路《いえじ》を楽しんだのだ。

「通う」ということの目的が、通う先にあるのは言うまでもないことだけれど、行き帰りの光景が、記憶の中できらきらしているのを確かめるにつけ、無駄な時間が虚《むな》しい時間というわけではない、という当たり前のことを、また思うのだ。

卒園の頃

もうまもなく卒園という頃のこと、「月組の白石先生に本を読んでもらいなさい」とトシ子先生に言われて、私たち星組の子どもたちは、月組の教室にぞろぞろと移動した。月組は、「年中」を経て「年長」に上がった二年保育の子どもたちのクラスで、一年保育の星組と同じ年齢にもかかわらず、全体に、古参《こさん》めいた余裕を漂わせているのだったが、それは担任の先生にも表れていて、いつでも黒いスーツを着ている月組の白石先生は、いつでもジャンパースカートを着ている星組のトシ子先生よりずっと偉く見えるのだった。

窓から遠い方の、少し暗めの一角に置かれた黒板の前に、子どもたちは、ぎゅっと固まって座った。白石先生は、小さくて厚い大人向けふうの本を手にし、小馬が藁《わら》の上にうずくまっている絵を青いチョークで黒板に描いたあと、本に目を落とし、低い声で、『せむしのこうま』という、初めて聞く話を読み始めた。

夢中になって聞きながら、トシ子先生もあの本を持っていたなら、どんなによかったろうと思った。トシ子先生は、歯磨きをさぼった子どもの口の中で、悪魔の格好《かっこう》をした虫歯が暴れるといった、しょうもない筋《すじ》の紙芝居を見せてくれるか、誰でも知っている『シンデレラ』や『ヘンゼルとグレーテル』などを、身振り付きで話してくれるだけで、けっしてけっして、物語を読んでくれはしなかったのだ。……そうだったのか、月組の子は、ふだんこうして本を読んでもらっていたのか。あの厚い本には、いろんな話がまだ詰まっているんだろう。あれまあなんてことだ……。それは、がくっと頭を抱《かか》え込みたくなるような残念さだった。

そんな思いを抱《いだ》きつつ、ずんずん進む物語に耳をそばだてていた時、別の先生が教室に現れ、お話は中断された。やや、まさかここで止めるんじゃないでしょうね、と思うまもあらばこそ、「ではみなさん、続きはまた今度」という言葉とともに『せむしのこうま』は宙ぶらりんになり、ひそやかに凝《こご》っていた一角の空気は、弾《はじ》けて消えた。「また今度」はいったいいつなのか。それが気になって気になって仕方なかった。なにしろ、卒園はすぐそこなのだ。どうしてくれるんだ、どうしてくれるんだ……。でも、「また今度」は、ついに来ることはなかった。

それから四十年余り。『せむしのこうま』は、成仏《じょうぶつ》し損《そこ》なった未練《みれん》がましい幽霊みたいに、記憶の壁ぎわにぶら下がり、今もまだ、ぶらあん……ぶらあんと揺《ゆ》れている。

卒園式の練習もあった。藁半紙《わらばんし》を筒に丸めた「おめんじょう」（卒園証書のことをこう呼んでいた）の代用品を、胸の高さに両手で捧《ささ》げ持って、集合写真を撮るまねなどをするのだ。筒状《つつじょう》の藁半紙を配るにあたって、園長先生が力を込めて念を押したのは、「これを『おめんじょう』と思ってください。いいですか、今からこれは本物の『おめんじょう』です。けっしてけっして、これを振り回したり、これでお友だちを叩《たた》いたりしてはいけません」ということだった。

私はぐっと緊張した。おままごとにしろ、人形遊びにしろ、「ごっこ」というものは、これは何々、と定義づけたとたん、本当の何々かになって命を帯び始める。まして大人たちまでが神妙《しんみょう》そうに参加している「ごっこ」ともなれば、筒状の藁半紙は、もう神聖なる「おめんじょう」そのものだ。私は藁半紙を押し戴《いただ》くと、集合写真用に積み上げられた段をしずしずと上った。

とその時、キイキイ声が上がった。そちらを見ればなんたること、男の子たちが三、四人、段の上で「おめんじょう」を振り回し、ボコスコ、ボコスコ、めった打ちに打ち合っているではないか。友だちのヒロちゃんが、おサルのように真っ赤になった顔を突っ張らせて、中村くんのパーマの頭を「おめんじょう」で連打している。中村くんもバシバシバシと「おめんじょう」でやりかえす。先生たちの介入の後、紛争は鎮圧《ちんあつ》され、おもに中村くんがオイオイ泣いた。男の子たちの「おめんじょう」は、よれて裂《さ》かれて、無惨《むざん》な紙ゴミになっていた。

あれは本物の「おめんじょう」と同じものだったのに！　絶句《ぜっく》するほどの衝撃を受けた私は、これはいち早く家に帰って、お母さんに報告し、衝撃を分かち合わなければならないと思った。

ところが母の反応は、思ったものと全然違っていた。母は、不思議そうにひと言、「変わった子どもだねぇ、あんた」と、つぶやいたのだった。

それはまるで、斜めの方から、ひゅうゆらゆらと飛んできた球に、頭をポコッとやられたような感じだった。

意外さというものは、心にひっかかる。へ？　私がどうして変わった子ども……？　考えているうちに、熱が引き、やっと正気《しょうき》が戻ってきた。そうだよ、あれはただの藁半紙だったんだ……。

狂信者になるよりは、縁無《えんな》き衆生《しゅじょう》でいるほうが、確かに健全さは保たれる。その後ろには、「度《ど》し難《がた》し」という言葉が、尾ひれのようにくっついてくるのだけれども——。

こうして三月のある日、はてしなく長かった幼稚園の一年が終わった。全体に、バカバカしいことの多い幼稚園だった。それなのに私は、そこに居合《いあ》わせたい、何が起こっているのか見たい、という一心で通い続け、気がつけば、一日も休まず通園したのだった。

最後の日、母が、トシ子先生に、

「一日も休まなかったんですよ」

と挨拶《あいさつ》した。トシ子先生は、

「あらまあ、そうだったんですか、知りませんでした！」

と目を丸くした。こっちは目立たない子なんだし、トシ子先生ならば、まあそんなもんだろうと別に驚きもしなかった。

けれどやっぱり、ちょっぴり残念だったからこそ、こうして覚えているのだろう。いることに気づかれない、ということは、何歳の人間にとっても、ひどく悲しいことなのだ。

入学の頃

小学生になりたくない、というのでは全然なかった。

それなのに、窓辺《まどべ》に立って、ぼうっと外の景色を見ていたある時、突然、ぐうっと込み上げてきた思いに、息苦しくなり、許せないっと腹が立ち、手足をばたばたさせて叫び出したくなった。

私のからだは私のものだ。私がどこに行き、何をするかを決めるのは、この私だ！外に出て走ろうと、隣の部屋に行って絵を描こうと、私がそうしたければ、そんなふうにからだを動かす。

それなのに、私がここにいることさえ知らない誰かが、私のすることを決めるだなんて！

「おまえは四月から学校に行くのだ」と、見たこともない誰かが、私に命令をするなんて！　私は私のものなのに！

窒息《ちっそく》するような苦しさを覚え、台所にいた母のところに走っていくと、私は怒りにまかせて怒鳴《どな》った。

「誰が勝手に決めたの、私が学校に行くって。私に聞きもしないで！」

「え？　学校に行きたくないの？」

と、母は呆《あき》れたような顔で聞いた。

「行きたくないんじゃないよ！」

「じゃいいじゃない。学校って、おもしろいところだよ」

と母。そういう問題じゃないんだ、とねばる私に母はいらつき、

「決まってるの！　国じゅうの子どもが、六歳の四月に学校に行くって、決まってるの！」

と、しまいに怒鳴り返した。

目に見えない誰かが、私の存在、私の行動に口を出し、決定する。その中で生きるようになっているのだと知った時の、無力感と束縛感《そくばくかん》と悔《くや》しさ。箪笥《たんす》の前あたりで、肩をいからせ、鼻息を荒立てたことを思い出す。

けれど、そんな根源的な問いに正面からぶちあたり、やり場のないこぶしを振り立てたものの、だからといって、抵抗《ていこう》を貫《つらぬ》いて立てこもろうと思わなかったのは、結局のところ、「一年生になる」という未来が、明るく魅力的だったからだ。

——それでも、あの日、突如《とつじょ》として心の奥底から湧《わ》きあがり、全身に広がった、わなわなするような怒りは、あれ以来、ずっと私のなかに棲《す》みつき、すぐ触《さわ》ることさえできる、からだの一部のようになってしまったのだけれど。

さて、「一年生になる」という未来を積極的に眺《なが》めやったとたん、ふつふつとうれしくなった私は、入学準備にいそしんだ。

その頃の私にとって、およそこの世に存在する色の中で一番きれいな色は、文句《もんく》なしにピンクだった。私は、持ち物はすべてピンクにしよう、という非望《ひぼう》を抱《いだ》いた。

春先の街に出た私は、母の先に立ち、ずんずん歩いて、ピンクのランドセルとピンクの靴とピンクの靴袋を手に入れて、いい気分だった。ピンクの帽子はもう持っていたし、お祝いにもらった文房具類も、うまい具合にピンクばかりだった。ところが、サイズの合うピンクの上靴《うわぐつ》だけが、どこを探しても見つからないのだった。

(ああ、……上靴だけは、だめだった……)

「土がついた」といった気分だった。がくっと肩を落としながら、ディズニーのバンビがついた、朱色の上靴を買って帰った。

けれど、私の非望はそれだけではなかった。

時は昭和三十年代。すすんでメディアに登場しはじめた英国女王の風評《ふうひょう》は、函館《はこだて》あたりの子どもの耳にもしばしば届いた。その中で、私を一番驚かせ、ため息をつかせたのは、エリザベス女王は、二度同じ服で人々の前に姿を現すことはない、という報道だった。

(現れるたびに、違う服を着てるなんて……)

呆気《あっけ》にとられつつ、想像を巡《めぐ》らせた。昨日は緑のワンピース、今日は紺《こん》と白のスーツ、明日は花柄のフリルのブラウス、あさってはサテン刺繍《ししゅう》のスカート……。毎日替わる、ありとあらゆる色、ありとあらゆる形の、どれもみな、素敵な素敵な服……。

その噂《うわさ》は、光に満ちたような豊かさ、物語のような楽しさ、胸がきゅうっとつまるようなすばらしさを、私の心に吹き込んだ。

といって、さすがは女王様だ、とも、だからお金持ちはいい、とも、つまり、なんといっても富と権力だよなあ……という方向に考えが向かわなかったのは、子どものよい点であると同時に、浅はかな点でもあったろう。私は純粋に、「現れるたびに、違う服を着ている」ということの、おもしろさと輝かしさに、魅せられたのだ。

そして口には出さず、心の奥深くで決意した。学校に入ったら、ぜったい毎日違う服を着ていく、と。

入学式の後、一日目、二日目、三日目は無事にやり通した。ところが、三着しか服がなかったわけでもあるまいに、なぜか早くも兵糧《ひょうろう》が底を尽き始め、四日目には、一日目の赤いジャケットに戻るしかなくなった。あれほど強く誓ったのに、わずか四日目にして挫《くじ》けたのは意外だった。というのも、いったいどんな妄想《もうそう》に支えられていたのかしれないが、心のどこかで、私は、エリザベス女王のごとく、いつまでもいつまでも、毎日毎日、違う服を着ていけるものと、能天気《のうてんき》にも信じていたからだった。

こうして私は、入学前には上靴で、入学早々には洋服で、苦々しい挫折感《ざせつかん》を味わったのだ。なんと不必要な挫折感！　人に打ち明けでもしたら、慰《なぐさ》められるどころか、アホ！　と、トマトでも投げつけられるのが関《せき》の山《やま》だったろう。まったくのところ、非望を抱《いだ》いたことへの当然の報《むく》いというものだった。

でも——と思う。「身《み》の程《ほど》」も「来《きた》るべき失望」も、てんで意に介《かい》さず、まずは望みたいように望むこと。それだけは、子どもに保障されていていいのだ、と。そして、その後の苦《にが》い思いでさえ、望みについてくる「おまけ」である以上は、子ども自身のものなのだ、と。転《ころ》ばぬ先の杖《つえ》は、せいぜい風呂敷《ふろしき》を巻いて二階から飛び立とうとしている「スーパーマン」に差し出すだけで充分なのだ、と。

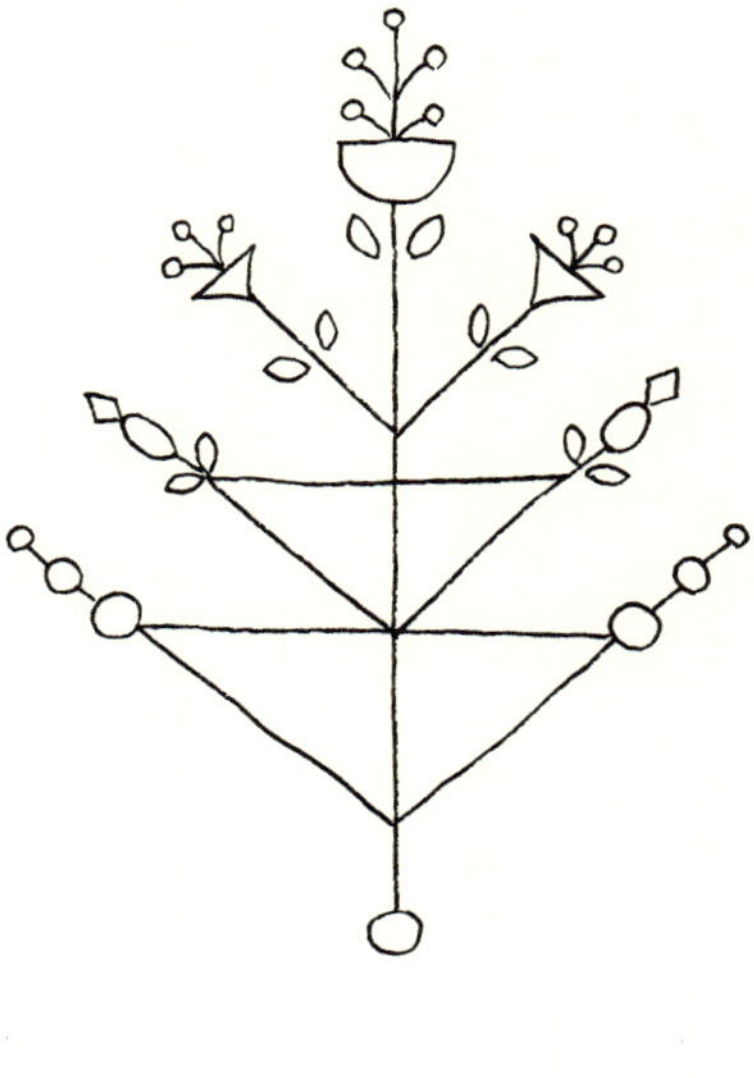

しっかり者の正体

口を真一文字《まいちもんじ》に結び、出っ張った額《ひたい》の下で目を三角にして、あたりをにらんでいることが多かったせいだろう、たいていの大人たちは、私のことをしっかりした子だと評したので、自分でもてっきり、そう思い込んでいた。ところが、しっかりどころか、相当《そうとう》な粗忽者《そこつもの》だったことが、学校に入ったとたん明らかになったのは、自分でも意外だった。

入学早々の算数の時間だった。藁半紙《わらばんし》が配られ、クレヨンでチューリップを五本描くように言われた。教科書には、線描きの上手なチューリップの絵が載っている。手前に三本、その後ろから二本が顔を出す格好《かっこう》で、合わせて五本の花が、波打つ幅広の葉に茎を半分隠しながら、まっすぐに伸びていた。

(ははあ、これを描きなさいということなんだな)

そう解釈した私は、忠実に、懸命に、その絵を模写した。同じ色を使い、同じ線描きで描いた。よし、うまく描けた。そう思って初めて顔を上げ、きょろきょろ周囲を見渡すと、みんなの藁半紙には、ずんぐりのやひょろ長いのや、とにかく思い思いの形の、色を塗り込んだチューリップが、にぎやかに咲いているではないか……。

(……あ、好きなチューリップを描いてもよかったんだ……)

そのとたん、頭がカーッと熱くなった。私が何より好きだったのは、絵を描くことだった。上手にまねをするのも好きだったけれど、自由に描くのはもっと好きだ。

「できた人は先生に見せにきてください」という声に従い、ぞろぞろと席を立ち始めた周《まわ》りの気配に少し焦《あせ》ったけれど、好きなチューリップを一つも描かずに終わってしまうなんて、あまりにもつまらない。幸い、紙には余白があった。私は好きなように二本描き足して、満足したところで、列に並んだ。


順番が来て、先生の机に藁半紙をのせるやいなや、先生が私の顔をじっとのぞき込み、

「チューリップ、何本ある？」

と聞いた。あっ、と気づいたとたん、

「げーっ！　七本もあらあ！」

と、横に立っていた、かまびすしい男の子が叫んだ。

「何本描きなさいって言った？」

と先生。私は消え入りそうな声で「五本」と答える。

先生がさらに追い討ちをかけるように、

「絵の時間じゃないんだよ」

と言い、さっきの男の子が、

「そうだよ、算数の時間だよ、算数の時間だよ！」

とヒステリックにわめきながら、大きな花丸のついた自分の絵をひらひらとかざした。

「どんなに上手に描いても、五重丸はあげられないね」

先生はそう言って、子どもたちが囲む教卓《きょうたく》の上で、私の絵の上に、小さな三重の花丸をつけた。

悲しく、情けなかった。喉《のど》のあたりにころんと硬い物が詰まってきて、目が熱くなり、うるうるしてきた。周《まわ》りでは、泣くかな？　泣くかな？　と言いたげに、みんながこっちを見ている。一生懸命に歯を食いしばって我慢した。


それだけの思いを経《へ》たにもかかわらず、その手の粗忽《そこつ》さは、その後も、ちっとも改まらなかった。教室に貼るカレンダーの製作を頼まれた時には、31日で終えるべきところを、止まらずに32、33、34、35……と続け、時間割の製作を任されると、6時間目、7時間目、8時間目と続けて、止められるまで気づかない。

せっかく頼まれるのに、描き出すと手の先に心が奪《うば》われてしまうのだ。そのたびに、「ひょっとすると、あんたってバカなんじゃない?」と言わんばかりの先生の目つきに出合い、涙をこらえた。

けれども、常に泣かずに頑張《がんば》れたわけではない。

入学して、わずか三日目のことだったと思う。教室に入り、ハサミとのりを手にしている子に気づいたとたん、どどおっと涙があふれだした。

(そうだ、ハサミとのりを持ってくるんだった、どうしよう……)

毎日違う服を着ていくぞ、という心がけは忘れなかったのに、大事な言いつけは、ぺろりと忘れていた。泣いたって始まらないと知りつつも、あふれてくる涙はこらえようもない。ほかにも、しくしくすすり上げている子が二、三人いるのを見て、自分だけではなかったと少し安心したけれど、それでも涙は止まらなかった。

先生が入ってきて、「ハサミとのりを忘れた人は手を上げなさい」と言った。

驚いたのはその時だ。わあわあと教室を走り回っていた男の子たち、女の子たちまでが、「はーい！」「はーい！」と元気いっぱいに手を振り上げたのをぐるりと見渡せば、なんと半数もの生徒が忘れてきているではないか。

（……どうしてどうして、あんなにニコニコしていられたんだろう。どうして困ったって思わないんだろう。なんて強いんだろう！）

あ然としたのも手伝って、やっと涙がひっこんだ。

ことほどさように、私は少しもふてぶてしくはなく、小心《しょうしん》で繊細《せんさい》で傷つきやすい質《たち》でさえあったのだ。深く深く悔《く》いもした。ところが、どんなに悔いても「悔い改まる」ということがないのには、ひょっとすると、あんたってバカなんじゃない？　と自分で言いたくもなるのだった。

教室の忘れ物棒グラフは、それからも伸び続け、ああ恥ずかしい恥ずかしいと思いつつ、それでもやっぱり伸びるものは伸びるのだった。

隣のおばさん

官舎は一棟二戸建ちだったから、壁一枚隔《へだ》てた向こうには、隣の家族が住んでいた。歳とって見えるおじさんとおばさん、それに、私より四、五歳年上の女の子が一人だけいる、地味《じみ》な三人家族だった。といって、静かで穏《おだ》やかでやさしくて、というふうではなく、なんとなく億劫《おっくう》そうな、楽しくなさそうな、全体にしんねりした印象の人々なのだった。

おばさんは、骨張った人で、病み上がりみたいな青白い顔に眼鏡《めがね》をかけ、年がら年じゅう着物を着ており、寒い日には、首の周《まわ》りに藤色《ふじいろ》のジョーゼットのスカーフをくしゃくしゃと巻いて懐手《ふところで》をしていた。頭痛膏《ずつうこう》をこめかみに貼っていたような気もする。要するに、生き生きしていないおばさんで、意地悪ではないにしろ、子どもみたいにやかましいものは、およそお呼びじゃないといったふうだったから、こっちだって、もちろん興味なんかなかった。

ところが驚くまいことか、このおばさんは、実は、端倪《たんげい》すべからざる存在なのだった——とりわけ子どもにとっては。それを知った時には、足がふわっと地を離れ、空中でゆっくりでんぐり返しをしたような、妙な心持ちがしたものだ。おばさんの姿まで、裏の畑の空あたりに、プカンと浮いた形で思い出された。母もきっと、いくらかはそんな感じを抱《いだ》いたのだろう、それを話してくれた時の母の顔には、異形《いぎょう》のものについて語るような戸惑《とまど》いがあった。

「隣のおばさん、カラスと話ができるんだって……」

「……え……」

おばさんは、出張中のおじさんが予定より先に帰ることになったから、駅（だったか栈橋《さんばし》だったか）に迎えに行くようにと、カラスが教えにきてくれたから行かなくっちゃ、と言って、さっき出かけていったというのだった（電話が普及《ふきゅう》する前ならではの話だ！）。

おばさんが、カラスの言うことを素直に信じたのは、すでに何度も、カラスの注進《ちゅうしん》を受けていて、そのたびに助けられていたからだった。

カラスは、洗濯物を干している時などにやってきて、「雨が降るから干すのやめときな」と教えてくれたり、窓辺《まどべ》に止まって、「良くないことがあるから気をつけな」だの「お客さんが来るよ」だのと知らせてくれるというのだった。おばさんはその都度《つど》、「ありがとね」とか何とか、やさしくお礼を言うのだそうだ。

来るのはいつも同じカラスなのだろうか。おばさんは、どうやってカラスの言葉を覚えたのだろうか。ああそれに、カラスにはなぜ、おじさんが帰ってくることやお客さんのことがわかるんだろうか——聞いてみたいことは、たくさんたくさんあった。そして、一度この目で、隣のおばさんとカラスがしゃべってるところを見てみたい、見てみたいと思った。とうとう、どちらも叶《かな》わないまま、時は過ぎてしまったけれど。

隣のおばさんを思い出すたびに目に浮かぶ、もう一つの光景がある。

一年生になってまもなくだった。最初からそう言われていたんだったか、家に鍵がかかっていたせいだったか、そこは忘れてしまったが、とにかく、その日私は、ごくごくめずらしいことに、ランドセルをしょったままで、隣の家に上がることになったのだった。家《うち》を反転させただけの同じ間取りのはずなのに、まるで別天地《べってんち》のように、何もかも、すっきりきちんっと片づいた、どこか古びた匂《にお》いのする家だった。

五年生くらいになっていた女の子がもう帰っていて、「何習ったの？　国語のノート見せて」と言ったので、見せてあげた。平仮名《ひらがな》の練習をしているところだった。すると女の子は、「ふ」の字を指差して、けたたましく笑った。ほかの字は何とか形がつくのに、「ふ」は、どうしてもいけなかったのだ。何度書いても、胴長の人がお尻《しり》を突き出して歩いてるみたいな、前のめりの格好《かっこう》になってしまい、いまいましいったらなかった。

それなのに女の子は、

「お母さん、見て見て、この『ふ』！」

と、おばさんを呼ぶ。おばさんは、のったりとノートをのぞき込み、そして、咳込《せきこ》むように、いきなりブハブハッと笑った。

(失礼しちゃう、まったく！)

私は本気でプンプンし、あぶなく泣きそうになった。

ところが、鴨居《かもい》の上に掛かった額《がく》が目に入ったとたん、はっと気が紛《まぎ》れたのだった。恨《うら》めしそうな細い筆文字で、「忍」とだけ一字、書いてある額だ。

(あっ、これだ、うん、きっとこれが「しのぶ」だ)

母から聞いた、「隣のおばさん」の噂話《うわさばなし》の一つを思い出したのだ。

隣のおばさんは、「しのぶ」という字を壁に掛けていて、悔《くや》しくて悔しくてたまらない時、腹が立って腹が立ってたまらない時、胸の中がぐるぐる渦巻《うずま》いて破裂しそうな時、「しのぶ」の字の前まで行き、唇《くちびる》をかみしめて、じいっとそれをにらみつけ、

「ううんううんううん……しのぶ、しのぶ、しのぶ……」と唱《とな》えて、こらえるんだって――という話を、母は聞かせてくれていたのだ。

それを聞いた時、私は、あの、いつでも風邪をひいてるみたいなおばさんが、嵐のような心を抱《かか》え、着物の裾《すそ》をはためかせて額の前までハアハアと走り寄り、そこでぐっと頭をもたげて、「しのぶ」をにらみ、心の嵐をのみ込むところを思って、たいそうびっくりしたのだった。

あの隣のおばさんに、憤怒《ふんぬ》の形相《ぎょうそう》をするような元気があったというのも意外だったが、そもそも、どうして、それほどまでに悔しがったり、腹を立てたりしなければならなかったのだろうか。家に、ただ静かにいるだけなのに。カラスだってついているのに。そう、カラスだってついているのに――。

そうか、おばさんは、ここに立ってこらえるのか。私は、そんなことを思いながら、壁の「忍」の字を眺《なが》め、すぐそこで、「ふ」の字を見て笑っているおばさんを眺め、そしてたぶん、早くおやつ出してくれないかなあ、とでも考えていたような気がする。

汗水流して

私が自転車に乗れるようになったのは、ひとえにヨシ子ちゃんの献身《けんしん》のおかげだった。

ヨシ子ちゃんは、この子もまた官舎に住む、四、五歳年上の一人っ子で、その頃は、「一人っ子」といえば、すなわち「わがままな子」という意味だったが、ヨシ子ちゃんは、その実証例みたいな子どもだった。

遊んでいて思いどおりにいかないと、両手を腰にあてがい、本気でずんずん攻撃する。旗色《はたいろ》が悪くなると、プイとすねるか号泣《ごうきゅう》するかして、帰る。態度が全体に芝居がかっているうえ、大人がいると、おしゃまに振る舞い、東京ふうのしゃべり方をする。私は、叱《しか》られて外に放り出されたらしいヨシ子ちゃんが、長い黒髪を振り乱し、玄関の戸をこぶしでドンドン叩《たた》きながら、「おかあさまあ〜おかあさま〜！　ヨシ子が悪い子でしたあ〜、どうかゆるして〜！」と泣きじゃくる場面を、二回くらい遠くから眺《なが》めたことがある。ヨシ子ちゃんが、家の中で、「おかあさま」なんて呼んでいないことは、（ヨシ子ちゃんの母親の口から）とっくにばれていたのだけれど。

こういうヨシ子ちゃんのことを、近所の子どもたちがどう思っていたかは簡単だ。いやがっていた。

日曜の午前中だったと思う。人気《ひとけ》のない、広々とした小学校のグラウンドで、自転車にまたがり、荷台を母に押さえてもらいながら、よろよろ、よろよろ、練習をしていると、たまたまそこへヨシ子ちゃんが現れた。そしてあっというまに荷台をつかむと、母に代わって、指導員と化した。

「その調子、その調子！」

「怖《こわ》くない！　ほらしっかり！」

ヨシ子ちゃんは情《なさ》け容赦《ようしゃ》のない熱血の指導員で、ほんの少しも甘やかしてはくれず、私はどうしてこういうことになってしまったんだ……と不運を呪《のろ》いつつ、ヨシ子ちゃんに荷台をつかまれたまま、グラウンドじゅうを、とにかく走った。そしてふと気づくと、ヨシ子ちゃんの声を遠くに聞きながら、私は自転車をこいでいたのだった。

あの時なら、本当にうれしかった。ヨシ子ちゃんの達成感もきっと大きかったろう。しかも一部始終《いちぶしじゅう》を見ていた母がいる。当然のこと、ヨシ子ちゃんは感謝と称賛《しょうさん》を一身《いっしん》に浴《あ》びて、いい顔で笑っていた。ヨシ子ちゃんの水色のワンピースの背中が、献身の証《あかし》のように、汗で、三角の形になって、からだに張りついていた。


それからずいぶんたった、ある日のこと。仲良しの友だちと家で遊んでいると、めったにないことながら、ヨシ子ちゃんがやってきて、「遊ぼう」と誘った。

（ううむ……ヨシ子ちゃんか……）

でも、友だちが来てさえいなければ、一緒に遊んだって、まあよかった。けれど今は遠慮したい。ちょうどいいところだったのだ。ヨシ子ちゃんは、ねばったが、しまいに玄関に並んだ子どもの靴をじろりとねめつけて、「あっそ」と帰っていった。

さて、あれは、次の日のことだったろうか、もっとたっていたろうか。話がある、とヨシ子ちゃんに言われて、私と姉は（なぜ姉にまで及んだものか）、家の裏手に呼び出された。

さあそれからだ。腰に手をあてがったヨシ子ちゃんの、嵐の説教《せっきょう》の幕開《まくあ》けだ。自転車に乗れるようにしてあげた恩人に対して「帰れ」とは何ごとか、という主旨《しゅし》だ。主旨は簡単でも、説教なのだから、こっちは試練《しれん》だ。「今、自転車に乗っていられるのは、いったい誰のおかげ？」「わかってるの？　汗水流して私が自転車を押したこと」「そういう恩人に向かって、あんな態度ってある？　私が汗水流して……」

ヨシ子ちゃんは、「汗を流して」という代わりに「汗水流して」と言うのだった。それも、何度も何度も言うのだった。するといやでも、あの日のヨシ子ちゃんの三角形ににじんだ汗が目に浮かんだ。私は神妙《しんみょう》にうつむきながら、なるほど「汗を流して」よりも「汗水流して」のほうが、確かにずっと合ってる、苦労した感じが一気に出る、と考えた。釈放《しゃくほう》までの長い時間を、「汗水」に思いを巡《めぐ》らせて、私はじっと耐えていた。


小学二年の、冬近いさびしい夕暮れのこと、遠くの友だちの家に遊びにいった帰り道で、ヨシ子ちゃんと一緒になった。

ヨシ子ちゃんは、中学の制服に毛糸のマフラーを巻き、学生カバンを下げていた。

「小学生はいいねえ。中学なんて、今、学校の帰りなんだよ。勉強だってたいへん。それに、こんな重いカバン下げて、毎日行くんだよ」

とヨシ子ちゃんは言った。そして、

「ちょっと持ってごらん、すごく重いから」

と、カバンを私によこした。

どおーん。確かにそれは、地面に引っ張られていくみたいに重かった。

「あたしはそれを、毎日毎日、下げて行くんだよ。あの遠い中学まで。たいへんなんだから」

「……すごい……」

「でも、まあちゃんだって、そのうち通うんだよ。練習してごらん」

ふつうのお姉さんなら、「もういいよ」と言ってくれそうな常識的範囲というものをぼんやり想像していた私は甘かった。ヨシ子ちゃんは、多少大きくなっても、やっぱりヨシ子ちゃんのままだった。

ああ、なんでこんなことになってしまったんだ……と、この時も不運を呪いつつ、それともこれは、あの時の仕返しなんだろうか……とも考えたりしながら、ヨシ子ちゃんと並んで、よたよた、よたよた、試練に耐えながら、夕暮れの道を歩いたのだ。

自転車の練習をしている子どもを見かけるたび、ヨシ子ちゃんは、記憶の彼方《かなた》から現れる。

法《ほ》螺《ら》話《ばなし》の毒

一年のクラス担任は、三十数歳の女の先生だったが、ちょっとないほどに品性を欠いた人だった。相手が子どもなだけに、遠慮というものがなく、大口を開《あ》けて欠伸《あくび》をしたり、ぼりぼり鼻をほじったりするのも平気なうえに、法螺話を聞かせて、いたずらに子どもを動揺《どうよう》させては、満足げに歯を出してケケケケと笑うのだった。

私たちは、これでもかこれでもかと聞かされる、見てきたような恐ろしい話やバカ話に、いいように翻弄《ほんろう》されたのだ。

私の頭を何日も占領したのは、人殺しが家に泊まりにくるという設定の、二通りの話だった。一つ目はこうだ。

お父さんが出張で留守になったある家に、お父さんの昔の知り合いだと名のる知らないおじさんが、遠くから訪ねてきて、滞在することになる。ただ一人、小学生の子どもだけが、どこかで見た顔だ……という思いを抱《いだ》くが、思い出せない。ところが次の日、ふと目にした電信柱に貼られた写真に、愕然《がくぜん》とする。そうだ、この顔だ。おじさんは、指名手配の人殺しだったのだ。こうして、息詰まる恐怖の時間が始まるのだ——。

私を含め、父親がしばしば出張に出て留守になる家の子どもたちに、この話が与えた恐怖は、相当《そうとう》に大きかったと思う。けれど、出張にさえ行かなければ安全だろうという甘い考えを吹き飛ばす、もう一つの話を、先生は、ちゃんと用意していたのだった。父親が家にいるにもかかわらずやってくる、その人殺しの話は、あっと驚く意外さのために、いっそう恐ろしいものだった。

ある夜更《よふ》け、子どもたちがもう寝入《ねい》った頃に、お客さんがやってくる。茶の間の方のにぎやかさに、小学生の子どもは、ぼんやりそれと知り、またとろとろと眠るのだが、真夜中に、うっくひっく、うっ、うっ、きゅうん……という奇妙な唸《うな》り声で、一瞬目を覚《さ》ます。明け方、まだみなが寝ている時にトイレに立ったその子どもが、なにげなく、両親の寝ている方に目をやるとどうだ。お父さんの布団《ふとん》には、見たこともないおじさんが眠っていたのだ――。

そんな恐ろしいことがあるのかと怯《おび》え続けた何日か後、そっくりのことが起こった。真夜中、うっくひっく、うっ、うっ、きゅうん……という声に、私は目を覚ました。隣の部屋に寝ている父に間違いなかった。一瞬のうちに状況の全貌《ぜんぼう》が浮かび上がった。ゆうべ誰かが来たのだ!

(その頃は「アポ」など取らずに他家を訪れるのがふつうだったし、おじさんたちは、夜遅く、酔っ払ったついでに、知人宅に立ち寄ったりするらしかったから、そんなことがあっても不思議ではなかった)

私は、からだじゅうが凍《こお》りついたようになり、恐ろしさで息もつけなくなった。そして、父になりすまして、布団に寝ているであろう人殺しが、どんな顔をしているのか、気になって気になって、仕方なかった。

ちょっと考えれば、きゅうん……という断末魔《だんまつま》の声とともに絶命《ぜつめい》した父の身柄《みがら》は、人殺しによって、どこかに片づけられなければならないはずだったし、それをすませた人殺しが寝間着《ねまき》に着替えて布団に入って寝入るとなると、相当な時間を要するくらいわかるはずだった。

それなのに、きゅうん……と同時に、布団の中身が入れ替わるように思い込んでいた私は、恐ろしさで半分気がヘンになりながらも、人殺しの顔を確かめなければならないという義務感のようなものに取り憑《つ》かれ、石のように重たいからだをひきずって、ずるずると隣の部屋まで這《は》っていったのだった。

真っ暗なその時間に子どもの心臓にのしかかった、過度《かど》の恐怖と緊張を思うと、先生の犯《おか》した罪はまことに重いものだった。たとえ、枕の上でフガフガ息をしてるのが、どう見ても父にしか見えないとわかったとしても――。

一方、肉屋の裏庭の話は、まるでバカげていた。

そこには、放《はな》し飼《が》いにされた数匹のブタがいて、楽しくぶらぶらやっているのだが、どれもみな、ちょっとずつお尻《しり》が削《けず》られているというのだ。肉屋のおじさんが大きな包丁を手に現れては、必要なだけ、切り取っていくからだった。塊《かたまり》で切っていくこともあれば、薄く何枚か切っていくこともある。でも切りすぎて、ブタの姿がなくなってしまうと困るので、それぞれから、ちょっとずつもらうようにしているのだった。こんなことをしても、いっこうに差《さ》し支《つか》えないのは、ブタはたいへん鈍《にぶ》い動物なので、肉を削られても、爪《つめ》を切られるようなもので、痛くも痒《かゆ》くもないからだった。しかも、あたかも爪のように、しばらくすると、またお尻が生《は》えてきて、元どおりの、丸ごとのブタになるというのだった。

「だって血が出るでしょう」

聞いていた子どもが呆《あき》れて尋《たず》ねると、先生は、ちょっとは出るけど、ブタというのは、そもそも、血はそんなに出ないものなのだ、などと答えた。

「どのくらいまでなら切っていいの」

という質問には、半分までになったのを見たことがある。半分になったので、後ろ半身はすっかりなくなり、前の二本足だけで立っていたけれど、元気にしていた、と先生は答えた。

ぜったい嘘《うそ》だ、ありえない。そう思いながらも、目に浮かぶ肉屋の裏庭の光景を打ち消すことができなかった。それは、妙に楽しそうな反面、悪夢のようにいやあな感じをともなう光景だった。その感じは、近所の肉屋さんに行くたびに、じんわりと込み上げてきた。そして、いないことがわかりきっているのに、二本足のブタが店の裏にいるような気がして落ち着かなかった。

先生は、なぜこれほどまでに力を傾注《けいちゅう》し、愚《ぐ》にもつかない話を、臆面《おくめん》もなく語り続けたのだろう。サディスティックな喜びは、むろんあったろうし、授業をごまかしたい怠《なま》け心もあったろう。でもきっと、自分が投げかけたものが受け止められる手応《てごた》え、らんらんと光る生徒全員の目に、本気で受け止められる快感が、抜き差しならないところまで、先生を引きずり込んでしまったのだと思う。

聞き手を引きずり込む法螺話は、語ることに引きずり込まれた者の口からこそ、生まれるのではないだろうか。

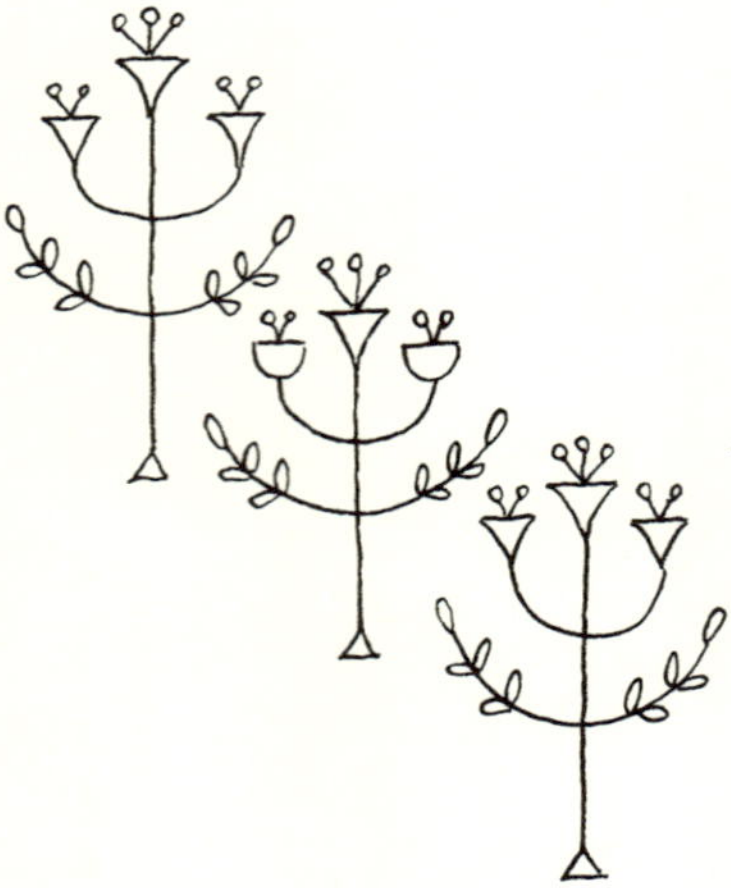

法螺話の毒

本の底力

法螺話《ほらばなし》の好きな担任の先生は、それに飽《あ》きた頃（と、今でも私には思えるのだが）、本を読み出した。座った椅子の前にもう一つ椅子を置き、その上に両足を投げ出してすっかりくつろぎ、鼻をほじりながら、感情はまじえずに、ただどんどん読むのだった。まるで、聞かせるためではなく、自室で一人本に読み耽《ふけ》ってでもいるように。

けれど読む本を先生が用意してくることはなく、生徒に家から持ってこさせてはそれを読むので、律儀《りちぎ》に持っていくほうだった私は、すでに知っている話を聞くことが多かった。

ある時、「感想画」を描くことになった。課題は、『王様の耳はロバの耳』で、私が提供した本の中の一話だったため、ちょっと誇らしかったし、よく知り尽《つ》くしたお気に入りの話が選ばれたのもうれしかった。なんとなく、他の生徒よりも、それについてなら「一日《いちじつ》の長《ちょう》がある」といった気分だったのだ。

はっとしたのは、廊下に貼り出された絵を見た時だ。

何人かが、床屋《とこや》さんのシーン——椅子に座ったロバ耳の王様と、その後ろに立つ、ハサミを手にした床屋さん——を描いていたが、ある一枚に、ぐっと目が奪《うば》われたのは、王様のロバ耳や、床屋さんの驚き顔がうまかったからではなかった。紅白の市松《いちまつ》模様《もよう》の、部屋の床のせいだった。

お話を聞き、印象に残った場面を絵にする、という時に要求されるのは、おそらく、そこで起こっているドラマ——たとえばロバ耳を見てしまう床屋さんの驚愕《きょうがく》といったもの——が「印象的」に描かれることであって、床の模様がきれいに描かれることでは、まさかないだろう。

でも不思議なことに、紅白の市松模様は、そこがふつうの家の部屋などではなく、特別の部屋、つまり王様の部屋のような場であることをわからせるばかりではなく、なんともいえない明るく楽しい感じ、「お話」というものがもつ、何か幸福な感じを、絵全体に与えているのだった。

風が吹くたび「おうさまのみみはロバのみみ〜」とそよぐ葦《あし》に向かって突き進む、気のきいた「オチのある話」が、筋《すじ》に何の関わりもない床の模様のせいで、「豊かな物語」となって生まれ直したようで、驚いた。ほかの子どもを通過することで、新しい話になったのだ。

持っていっても、読まれないまま積まれる本も、むろんあった。たとえば、少女名作集の一冊『天使の花かご』がそうだった。長いし字は小さいし（と、私には思えた）、どうもこれは適当な本ではないな、と感じていながら、それを持っていったのは、少し大人っぽいところを見せたかったからだと思う。

というのも、このお話を読めたらいいな、読みたいな読みたいな、と強く思いながら、読み通せずに挫折《ざせつ》を繰り返した本だったからだ。

あの頃の私は、文を一行、下まで読んだあと、次の行に移行するのがとても下手で、ついまた同じ行を読んでしまう癖《くせ》があった。そんなことでは、話はいっこうに進まず、そのうち当然、いやになって放り出す。でも、パラパラ眺《なが》めると、やっぱり読んでみたくなる。どんな話なんだろう……外国の田舎《いなか》って素敵だなあ……よし、もう一回読み始めてみよう。そうやってなんとか進み続け、ようやく読みあげた本は、心の美しい（むろん外見も）少女が苦労する、感動的な物語だった。

積まれたままの本を見て、木口さんという、おしゃべりできかん坊で、先生によく叱《しか》られる女の子が私のところへ来た。本を貸してほしいというのだ。

「読んだらすぐ返すから」

木口さんは、そう言うと、『キュリー夫人』（こちらは朗読されて、先生から返してもらったものだった）と合わせて二冊、ランドセルに入れて帰った。

次の日だったか、日曜を挟《はさ》んだか忘れたが、とにかく木口さんが、私の席に来ると、手に持った二冊を机の上にのせて、「ありがとう」と言うなり、まず『天使の花かご』のページを繰《く》りながら、どっとしゃべり始めた。

「ねえねえ、この本すごくかわいそうだったねえ。ここんとこあるでしょ、ここんとこ、この人、すごくかわいそうだったよね。わたし、ここが一番読んでて、たまらなかった。それからここんとこ……」

木口さんは、あふれ返る思いに溺《おぼ》れそうになりながら、順を追って、どんどんしゃべった。読んだばかりとはいえ、細部をよくまあ覚えているのだった。私は、ガラガラ声で饒舌《じょうぜつ》に語る木口さんの顔を下から見上げて、言葉もなく、ただドキドキした。

（あんた、これ、もう読んだの？　そんなに早く、読めたの……？）

という気持ちで。

それに、木口さんが、しゃべりながら何度も瞬《まばた》きしては、目ににじんだ涙を、チッチッと払うものだから……。（木口さんって、こういう人だったんだなあ……）という感慨《かんがい》と意外さが、心でぐるぐるした。

わがままで意地悪なことが多く、やさしい女の子、などというものから、ずいぶん遠いところにいると思っていた木口さんの一面を、私は、この時確かに見たのだった。もちろん、それからあとも、木口さんは、もとの木口さんだったのだけれど。

こうして子ども部屋の本は、外に出たことでひとまわり大きくなって、私のところに戻ってきた。多少の犠牲《ぎせい》はあったにしろ（先生は、ページをめくる指を、必ずぺろりと舐《な》めるのだった）、本にとっても、私にとってもよかったに違いない。

Tさんの災難

原っぱや空《あ》き地や、家と家との境《さかい》などは、誰の土地でもないものと私は思い込んでいた。そういう所に生《は》えている草花なら、好きなように摘《つ》んでいい、そう思ってタンポポやクローバーを摘み、むろん誰からも叱《しか》られることはなかった。

仲良しのサッちゃんと大発見をしたのも、そういう土地でのことだった。ただ、小さい子どものわりに、少々立ち止まって考えてみたりしたのは、そこが、並んで立つ官舎の敷地と敷地の境で、しかもどちらかといえば、Tさん宅寄りの土地に思えたからだった。でもTさんが手入れをしている菜園の外側ではあるし、さらに雑草が生えていることから推《お》して、「どこのうちでもない」という結論に達したのだった。

私たちは、キノコを発見したのだ。積み上げられた短い丸太の表面に、二つ、しっかりくっついた大きな茶色い笠の、つまりまるで椎茸《しいたけ》みたいな、みごとなキノコだ。

栽培が普及した今でこそ、ありがたがるほどのキノコではなくなった椎茸も、その頃はまだ、貴重な食品の仲間だった。だからこそ、サッちゃんと私の驚きは、いっそう大きかったのだ。

「……すごい。まるで椎茸みたいだ」

「ほんとの椎茸だったらすごいよね」

それをすぐに採って、おままごとに使うこともできたはずなのに、ひょっとしたら椎茸かもしれないと思うと、ことの重大さに胸がドキドキし、大人に報告しなければ、と焦《あせ》った。自分たちのような子どもがこんなものを発見したという、手柄《てがら》を示したい気持ちもふくらんで、ひとまずお母さんに見せようと決めた二人は、二つという数も幸い、それぞれが一つずつ摘んで、それぞれの家に飛んで帰ったのだった。

ほんとの椎茸だったキノコと私とを従えて、血相《けっそう》を変えて玄関から飛び出した母が、まったく同じ様子で家から飛び出してきたサッちゃん母子《おやこ》と鉢合《はちあ》わせをしたのは、その直後のことだった。

二組の母子は、椎茸を手に、深くうなだれてTさん宅を訪れた。いうまでもなくそれは、Tさんが丹精《たんせい》し、やっと栽培に成功したたいそう貴重な、二つだけの椎茸だったのだ。

四つの頭を下げて繰り返し繰り返しあやまったあと、サッちゃんと私はおみやげに(というのだろうか)、返すはずだった椎茸をそれぞれもらって、無事、帰ってきたのだった。

夕食にバターで炒《いた》めて食べた。

そののち、サッちゃんと私は、またしても微妙な土地で発見をした。今度は、敷地と敷地の間というよりは、二軒の家の裏口と裏口の間、というべき場所だったのだが、およそ真ん中あたりだったから、やっぱり「誰のうちでもない」ことになった。まあ強《し》いて言えば、一軒の方により近かったのだが。そして、その一軒というのは、またしてもTさんの家だったのだが。

「いいよね?」

「うん、いいよね?」

「今度はだいじょうぶだよね」

「うん、これはだいじょうぶだよ。だいいち捨ててあるんだし」

こうして、おままごとのサツマイモにこれ以上ふさわしいものはあるまい、と思われるほどサツマイモじみたもの——根こそぎ引き抜かれて放置された、たくさんの枯れたダリアの茎の先っちょに、ごろんとくっついていたもの——を幾つもちょうだいし、自分たちのゴザの上まで運び込むと、おもちゃのまな板にのせて、コトンコトンコトン、コトンコトンコトン、と切ったのだ。

Tさんが乾かしていた大事なダリアの球根が、めった切りにされたこの「事件」の顚末《てんまつ》がどんなだったかは、どうもおぼろだ。

でもきっと、二組の母子が再びうなだれてTさん宅を訪れ、「返《かえ》す返《がえ》すも……」と言いながら頭を下げ、おみやげは（受け取りずみなので）もらわずに、帰ってきたのだ、と思う。ああ、気の毒なTさん。

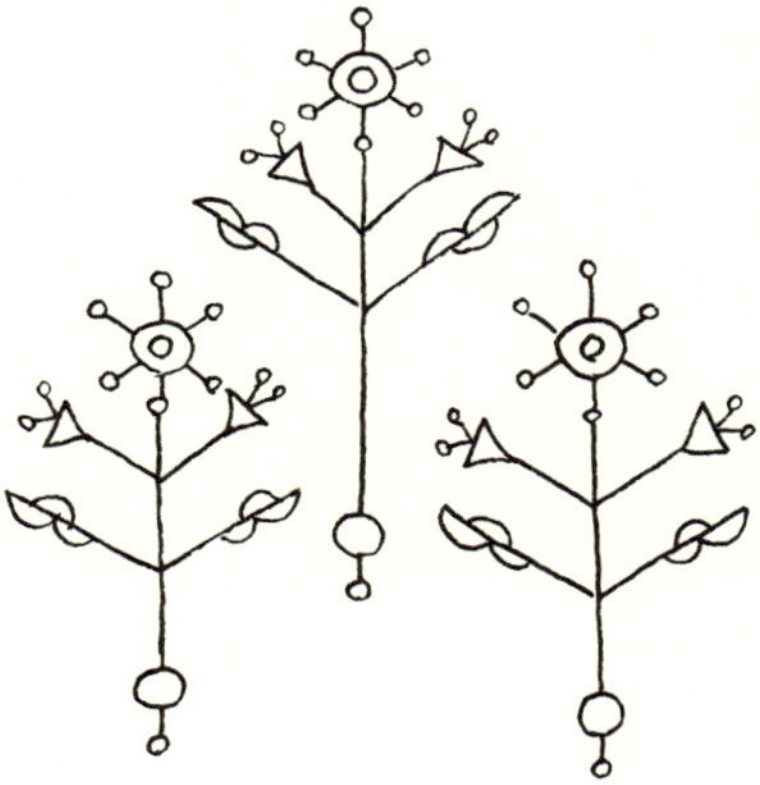

少しずつ自由に

小さい時、私は、一つくらいのあかんぼうが、あどけなく笑っているのを見たり、あるいはテレビで、母猿にしがみついている子猿や、母象の横を歩いていく子象の姿を目にしたりするたびに、頭の皮の下が帽子をかぶったようにうっとうしくムズムズかゆくなり、キーッと叫んで、母親から引き離し、遠い遠い所へ思いきり放り投げてやりたい思いにとらわれた。そうするところを想像すると、スーッと気持ちがよかった。

ある時、台所で母とおしゃべりしているうちに、何かのはずみで、その気持ちを口にしてみたくなった。

「わたし、猿のあかちゃんなんか見るとね……」

するとたいていは共感してくれる母が、その時ばかりは、

「わっ、やだ恐ろしい。思ったこともない」

と言うのだった。そうか、あの、頭の皮のかゆい感じと、放り投げる快感は、やっぱり人にわからない質《たち》のものなんだ……と、改めて思った。

それは実際、やっかいな性癖《せいへき》だったのだ。理不尽《りふじん》な負荷《ふか》を背負っているようなものだった。遊んでいるそばをあかちゃんが通ったりすると、飛んでいってちやほやする姉や近所の子どもたちに立ちまじって、偽《いつわ》って笑顔でいるのには辛抱《しんぼう》が必要だったし、自分は結局やさしい子ではないのだ、と思わされたから。

そんな折《おり》、一年生の三学期のことだが、近くに住む叔母《おば》にあかちゃんが生まれた。自分より年下の初めての従弟《いとこ》だ。これはいよいよやっかいだった。ただでさえ、不穏《ふおん》

な感情と闘わなければならないという、こちらの特殊な事情に加えて、母も姉も当のあかんぼうばかりかわいがるのだから、ますます不愉快だ。叔母はしょっちゅうあかんぼうとともに顔を出すし、母と姉は、あかんぼう見たさに、叔母の所に行きたがる。仕方なしに私もついていく。寄りつかなければそれまでだったあかんぼうというものが、突然、私の暮らしの中に、ぐいぐい入り込んできたのだった。子守《こもり》を頼まれてあやすことも、しばしばだった。

ところがそうこうするうちに、私はそのあかんぼうが、かわいくてかわいくてたまらなくなってきたのだ。私を見るとキャッキャと喜び、安心してしがみついてくる、柔らかくプクプクしたいい匂いのするもの——。少し見ないと、見たくて見たくてたまらず、あかんぼうをおぶった叔母の姿はないかと、バス通りまで出て遠くを望む。しまいには一人で叔母の家までも見にいく。乳母車《うばぐるま》を押して歩く時は、得意でならない。なにしろ従弟は粉ミルクの缶に写ったあかんぼうより、もっとかわいいのだ。

「ああ世界一かわいい」

夜、布団《ふとん》の中で何度もそう思った。「目に入れても痛くない」という台詞《せりふ》が思い浮かび、ははあ、こういうことだったんだなあ、とかみしめたのも、あの四畳半《よじょうはん》の子ども部屋の暗がりを、目を開《あ》けて見つめていた時のことだ。

ある時、猿や象のあかちゃんを見ても、頭の皮の下がムズムズしてこないこと、モヤモヤする気持ちが完全にひからびて、もう立ち上がってこないことに気がついた。

（……あれぇ治《なお》ってる……）

と思った。帽子を目深《まぶか》にかぶったようなうっとうしさは、もう遠のいてしまったのだ。

何によって、あの負荷が取り除かれたのか、その答えは自分でも簡単にわかった。従弟だった。激しい心の葛藤《かっとう》のはてに、「目に入れても痛くない」などという年寄りじみた台詞にたどり着くまでの日々が、私にもたらしたものは、非常に大きかったのだと思う。「試練《しれん》」ではあったけれど「救い」でもあったのだ、と。

従弟の誕生がそうだったように、偶然目の前に現れた誰かによって、歪《ゆが》みが矯正《きょうせい》され、解放されるということは、時折《ときおり》起こった。今一つ、鮮《あざ》やかに思い出されるのは、三年生の時、隣に座った男の子のことだ。

席替えでその子と並ばされた時、私は、こんな子の隣に座るのかと、まずひるんだ。みすぼらしい身なりの子で、裸足《はだし》で、鼻をたらしていて、言葉づかいが悪く、まるで勉強のできないその子のことなど、それまでは、自分には関係のない子だと思っていたのだ。

「関係のない子」とは眼中《がんちゅう》にない子、自分がその子を見下《みくだ》していることにさえ気づかない子だ。関わりが出て初めて、私はその子をゲゲッと思った。そんな気持ちを抱《かか》えているのは重たいことだった。

並んで座ってみて驚いたことには、その子は授業中、全然別のことをするのだった。たいていは馬の絵を描く。勉強などわかるわけがなかった。思いあまって声をかけた。

「聞いてなきゃ、わからなくなるよ」

するとその子は、口をとがらせて、

「るせえババアだなあ、ったく」

と悪態《あくたい》をつき、それでも案外素直に勉強をし始めた。

私は毎日注意しなければならず、その都度《つど》「るせえババアだなあ」と言われた。けれど、その子が思いのほか気持ちのいい子で、おもしろい子だということが、日に日に明らかになるのだった。私は、その子が先生に叱《しか》られるのがいやで、勉強を教えたり、答えをささやいたり、文具を貸したりした。ある時、

「ねえ、どうして馬ばかり描くの?」

と尋《たず》ねると、

「かあいいからさ。おれ、馬が好きでなんねんだもの」

とうれしそうに言った。放課後はいつも、馬を飼っている家に馬を見にいくのだと、その子は言った。何もせず、黙ってただずっと見てると言うのだ。へえ……と、不思議に胸を打たれた。

その子が隣だった時、私はとても楽しかった。どこにも毒気《どくけ》のない、すがすがしい楽しさだ。その日々の中で、澱《おり》のように沈んでいた偏見《へんけん》は消えた。私は一歩、自由に

なったのだと思う。

もっとも、最後にこうつぶやいてみるほうがより正直だろう。——こんなふうに、経験が常に蒙《もう》を啓《ひら》いてくれるだけのものだったなら、道はさぞ平坦《へいたん》だったろうに、と。

力あまって

イソップ童話の『ツルとキツネ』が国語の教科書に載《の》っていた。ツルを食事に招待したキツネが、わざと平《ひら》たい皿でごちそうを出し、食べることができないツルの前でペロペロと平《たい》らげると、むっときたツルはキツネを招き返し、鶴頸《つるくび》の器《うつわ》で御馳走《ごちそう》を出して、食べられないキツネを悔《くや》しがらせる、という、よく知られた話だ。

教科書には、二匹が向かい合ってテーブルについている、シルエットで描かれた挿《さし》絵《え》があり、「このお話を影絵で演じてみましょう」という手引きがついていた。

先生は、頭につけるツルとキツネのお面を作って持ってくるようにと、みんなに言った。私が言われたのはツルだった。


さて、家に帰り、画用紙でツルを作ろうとしていると、母がそばで意見を言った。

「影絵にするのに、そんな平らなもの作ってどうするの。横を向いた時、ツルの形がわからなきゃ、このお話、全然わからないでしょ」

私が作るつもりだったのは、画用紙を鉢巻《はちま》きふうにくるりと頭に巻き、おでこのところに、ツルの横顔をぺたんとくっつける、「私はツルです」と示すふつうのお面だった。

母はしっかりした厚紙を出してくると、

「どれ、頭、かしてごらん」

と言い、ずんずんと立体的な裁断を始めた。

「ええっ……でもこんなの、きっと誰も作ってこないよ」

と訴える私に、母は、

「いいものを作っていったほうがいいに決まってるでしょ」

などと言い、フンフンと鼻歌まじりにハサミを動かした。

私のいやあな予感をよそに、やがて、りっぱな紙製の野球帽のようなものができあがった。つばの部分が、つうんと長く伸びてくちばしになっており、それをかぶって横を向くと、完全にツルだった。

「ほうらうまくできた！　こんないいものを作ってくれるお母さんは、ちょっといないよ」

と、母は満足げに自画自賛《じがじさん》した。

次の日、私はいやあな予感と、かさばるツルのお面とを抱《かか》えて学校に行った。


（だからいやだって言ったんだよ！）

と、私は怒り出したかった。当然のことながら、子どもたちはみな、鉢巻き状の画用紙に、手のひらほどの大きさの平らなツルとキツネをぺたんと貼りつけた、ふつうの

お面を持ってきていた。そして、私の巨大な立体ツルを目にするや、

「ぎょぎょおお〜っ！」

と叫んで笑った。先生は絶句《ぜっく》した。

ぺったんこの小さなツルとキツネで構成された社会では、すっぽり頭にかぶる立体ツルは、影絵芝居としてのあるべき形をとっていようとも、ゴジラのような異端《いたん》でしかなかった。一緒にテーブルに向き合い、相応に相手役を務められそうなキツネなど、むろん一匹もいないのだ。

立体ツルは、豆つぶのような連中に、ヘイヘイとかしずかれながら、結局、社会から締《し》め出《だ》されて、「記念物」のごとく出窓の上にのったまま、傍観者《ぼうかんしゃ》として、その時間をやり過ごしたのだった。

またある時、コップの大きさをくらべてみようという授業があった。それぞれの家からガラスのコップを持っていくことになっていた。

「それならこれにしなさい」

そう言いながら母が出してきたのは、「コップ」という概念を最大限に拡張すれば、ぎりぎり含まれないこともないが、「バケツ」という概念をうんと縮小すれば、そこにもぎりぎり入るかもしれないといった、微妙な大きさの——つまり巨大なプラスチックのコップだった。

「もっとふつうのがいい」

という私の訴えは、

「いろんな大きさがあったほうがいいよ。これがいいこれがいい」

と、あっさり退《しりぞ》けられ、次の日、私は、またしても、いやあな予感と、かさばるコップとを抱えて登校した。


教壇の前に横並べにされた机の上に、みんなが持ち寄った四十個余りのコップが置かれた。案《あん》の定《じょう》、沸《わ》き上がる、驚き声と笑い声。

（だからいやだって言ったんだよ！）

この時も怒り出したかった。その光景ときたら、まるで、『ガリバー旅行記』なのだった。リリパット国に入りこんだガリバーだ。

「だれんだ？」「だれんだ？」

みんなにまじって、先生までもが、

「だれ、これ持ってきた人！」

と尋《たず》ねた。私はコップに似合わない、小さな小さな声で名のる。でも、居心地《いごこち》の悪さは、これで終わったわけではない。

先生は、みんなと相談しながら、大きいと思われる順に全部のコップを一列に並べ替えたあと、それが本当に正しいかどうか確かめるために、水を注いだ。こっちの水をこっちに移すと水があまる。かと思うと隙間《すきま》ができる。こうして、大きそうで案外中身は小さかったり、小さそうで実は大きかったりといったことが、徐々《じょじょ》に明らかになっていく。やれこっちが大きい、こっちが小さいと乱れ飛ぶ声とともに、コップは並ぶ順を取り替え、勝った負けたと教室はにぎわった。

自分が供出《きょうしゅつ》したコップに水がつがれては、前に出たり、後ろに回ったりするのは、きっとまるで、自分がコップにでもなったみたいにドキドキしたことだろう。でも、列の端《はし》で、ひときわバカでかくそびえ立つガリバーにとっては、そんな背くらべは、小人連中の小競《こぜ》り合いだ。内部での勝負に色めきたつ小人たちも、圧倒的に巨大なものに勝負を挑《いど》もうなんて、はなから思わない。バケツコップは、傍観者に徹《てっ》して、その時間を過ごしたのだった。

母に起因《きいん》する、こうした「力あまって傍観者」とでもいうべき事態《じたい》に、私は繰り返し何度も遭遇《そうぐう》した。そしてしまいに、はみだすことに慣れっこになってしまったのだ、と思う。

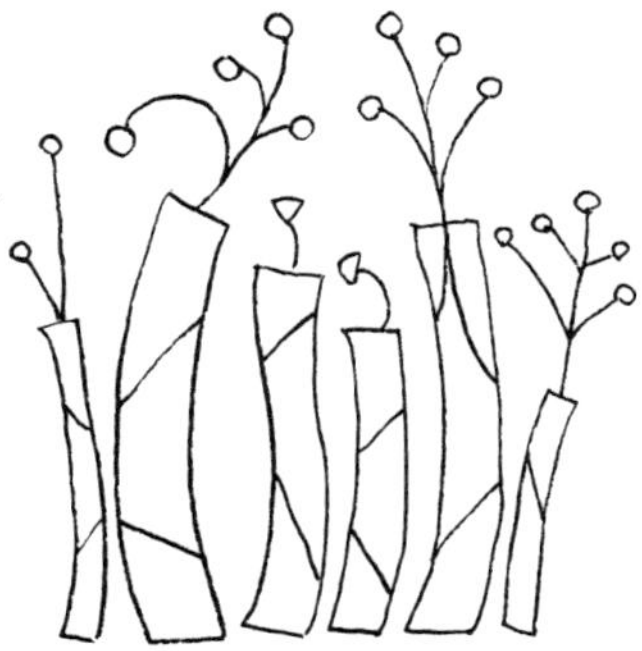

「ジプシー」との出会い

一年生のある日の国語は、片仮名《かたかな》の言葉集めの授業だった。「〇ット」とか、「〇ープ」といった、空白部分に片仮名を入れて言葉を作るのだ。思いついた人が立っていって先生の耳にその言葉をヒソヒソ伝えると、先生が教室のみんなにヒントを出し、それを当てるというものだ。

「沸《わ》かしたお湯を入れておいて冷めないようにする入れ物、なんだ?」

と先生が聞けば、みんなが、「ポット!」と答えて、出題者が「合ってます!」と応じる仕組みだ。

その時間、最後の問題は「〇〇シー」だった。ハイハイ！　と手をあげた数人の中から選ばれた子が、先生の耳元に言葉をささやいたあと、先生がヒントを出した。誰もがあっさり「タクシー！」と答えた。

「タクシーのほかの言葉、思いつく人いるかなあ？」

もういないね、という調子で先生が尋《たず》ねたあとで、私は一人、おずおずと手をあげ、教室の前まで行くと、背伸びをしながら先生の耳に向かってささやいた。

「……ジプシー」

「え？」

と先生は言い、今度は腰を曲げて耳を私の口元に近づけた。私はもう一度言った。すると先生は、じろじろと私を見てから、

「ふうん……自分でヒントを出しなさい」

と言うのだった。えっ、どうして私だけ……？　と、思ったものの、逆《さか》らうこともできずに、教壇の上に立ち、消え入りそうな声で言った。

「自分の国も家もなく、あちこちに行く人、なんだ……」

しんとしたまま誰一人手を上げない。そこで私が答えを明かす。先生がすかさず、

「この言葉、聞いたことある人」

と尋ねると、みな、やっぱりしいんとしているのだった。

（ウソ！　そんなバカな、みんな知ってるはずだよ、なんでなんで？）と思ったのには確固《かっこ》たるわけがある。

ところがそこで先生が、めずらしく神妙《しんみょう》な顔で言うことに、

「マサコちゃんは、よく本を読むから、こういうことを知っているのです。みんなも、マサコちゃんのように本を読まなければいけません」――。

チョットチョットチョット待っとくれよオ……と私はあわてた。こう言いたかったのだ。

（「名犬ラッシー」なんだってば！　この前の「ラッシー」に出てたんだってば！みんなだって、ぜったい見たに決まってるんだから！）

でも、その頃の私ときたら、口に力を入れて、じっとしてるのが精一杯《せいいっぱい》という情けなさだったのだ。

その頃の日本全国の子どもたちの例にもれず、「名犬ラッシー」の時間といえば、私も決まってテレビの前に座った。

ちょうどその数日前に放映された「ラッシー」が、「ジプシーの少女」という巻《まき》だったのだ。大きなキャンピングカーをなんと自分で運転したりする向こう見ずな少女が、あぶない目にあってラッシーに助けられるという筋《すじ》で、どこからかやって来たという設定の少女は、一件落着《いっけんらくちゃく》のあとには、またまもなく、どこかへ行ってしまう。

私は畳に座り、画面を見つめたままで、台所に向かってだらしなく叫んだ。

「お母さーん、ジプシーってなにー?」

すると背後から声が返ってきた。

「自分の国も家もなく……!」

ふうん。と思った数日後、この覚えたてほやほやの言葉を口にしてみる機会がころがりこんだ、つまりこういうわけだった。

なにも悪く誤解されたわけじゃないし……とはいうものの、居心地《いごこち》が悪いったらないのだった。みんなと同じようにテレビを見ただけなのに、なぜ読書家に仕立てられなきゃなんないんだ。もごもご思っていながら、何一つ申し開きをしないまま席に戻る自分が、嘘《うそ》つきみたいで、いよいよ居心地が悪いのだった。

こうして、「ジプシー」という言葉は、心にずん、と居座ることになった。

やがて、物語や曲名の中にその言葉を見出《みいだ》すようになるにつれ、「自分の国も家もなく……」という説明以上の——といっても固定化されたイメージを出ることもまたない——姿と重なり、心を掻《か》きたてる特別の言葉となったのだ。

十年前、なんだか好きだ、と思えるいろいろなものを詰め込んだような物語を書いた時、謎《なぞ》めいた時計職人をジプシーの男、というふうに登場させることにしたのも、もとをたどれば、その三十年前にさかのぼる、件《くだん》の出会いなのだった。

まるで小石につまずくようにして、幼少時にたまたま出会ったさまざまなものが、来《きた》る未来の日々のかたちを、見えないところで、ちょっとばかり司《つかさど》っているのかもしれない、と思うことがある。

空想の果て

空想は、小さい頃の楽しみの一つだった。気に入る設定を思いつくと、しばらくの間、それをネタに一人の時間を楽しんだ。

ある時期、一番気に入っていたのは、デパートの子どもになることだった。具体的には、函館山《はこだてやま》の麓《ふもと》にあった、とんがり屋根の洋風建築「丸井デパート」、そこが空想上の私の家だったのだ。

学校に上がる前は、「外国のお城のおひめさま」になるのがそれなりに楽しかったものの、いったんデパートを思いついたら、キャッと思うほど楽しみの幅が広がった。

なにしろ、一階から屋上まで、あるものはすべて自分の家のものなのだから大尽《だいじん》だ。家具売り場の素敵なベッドで目覚《めざ》めると、最上階の食堂で好きな朝食をとり、洋服売り場で好きな服を選んで学校に向かう。放課後は、好きな文房具を使って家具売り場の机で勉強してから、おもちゃ売り場で遊ぶ。そして、店員はみんなお手伝いさん、というわけだ。

でもやがて、一人で遊ぶより、クラスの友だちを招待したらおもしろい、と思いつく。屋上の遊園地ではもちろん遊ぶけれど、デパートじゅうを駆《か》け回って鬼ごっこをしたり、かくれんぼをしたりするのは、なんて楽しいだろう。おやつの時間は、みんなそろって食堂でプリンを食べるのだ。おもちゃ売り場で、

「この人形、かわいい」

と誰かが言えば、それを差し出して、

「ほら、もうあなたのものよ」

などと、（なぜか翻訳調の言葉なのだ）鷹揚《おうよう》に言ったりもする。

（ああ、そうだったら、どんなにいいだろう！　私はちっともケチじゃないから、み

んなにいろんな物をあげる。そうすれば、みんなみんな、おしゃれな服を着られる）

そんな一連の空想のなかで、私は、クラスのある女の子のことを具体的に検討し始めた。その子は、きれいな顔をしているのに、とてもとても、みすぼらしいのだった。私は、どうすればその子が、きれいな子に変わるだろうと真剣に考えた。

なんといっても、まず服。ペラペラで皺々《しわしわ》のだらんとしたスカートはやめて、さっぱりしたチェックにする。それに髪。ぼうぼうに伸びた目が隠れる前髪を切ってとかせば、ずっとよくなる。ああその前に鼻をたらさないようにする。それからあの、やせた背中を丸める姿勢と、いつでもおどおどしているのをやめなくちゃ。そして大きな声で、もっとハキハキしゃべる。――傍目八目《おかめはちもく》。私は自分のことは棚に上げて、その子の欠点を確認しては一掃し、きれいになる道を考えた。

想像のなかで、その子は潑溂《はつらつ》とした素敵な子に変わっていった。そしてそのうち、現実にはちっともその子が変わらないことが歯痒《はがゆ》くなった。

（誰かあの子の面倒を見てあげればいいのに。服だって……。私が持ってるのをあげたりするわけにはいかないんだろうなあ……）

ところが、ある日のこと、ぎょっとするようなことが起こった。

その子と、その子の男の子版というような子が、二人揃《そろ》って、真新しいブカブカの防寒着を着て現れたのだ。その子のは派手なピンクで、男の子のは派手な青だった。どちらも、少しも似合っていなかった。

何があったんだろう、という謎《なぞ》は簡単に解《と》けた。私と似たようなことを考えていたに違いない人が、買ってあげたのだ。担任の先生だった。先生は、誇らしげに公表した。

「先生は、昨日二人を連れてデパートに行って、あの服を買ってあげました！　どう、いいでしょう」

複雑な思いだった。よかった、新しい服を買ってあげる人がいて、という思い。でも、あんなヘンなのにするなんて残念だ、という思い。そして、先生、黙っていればいいのに、という思い。

ところが先生は、そこで止まらず、さらなる実力行使《じつりょくこうし》に踏み込んだ。

それがまた、私の想像したことだっただけに、ぞわぞわと複雑な思いがした。

「今日はこれから床屋《とこや》さんをします」

先生はそう言うと、何だかわからずに喜んでいる生徒たちに机を下げさせて空間を作り、二人の散髪《さんぱつ》を始めたのだった。

表現の仕方によっては、こんなことも、のんびりした時代の愉快な出来事というふうに好意的に描きうるのだろう。「ある時は床屋さんに変身！　八方破《はっぽうやぶ》り先生の自由な教育」とか何とか。でもこれが嘘にならないためには、それをする側とされる側と見る側の間に、強い信頼関係が築かれていることが大前提だろう。そして、めっぽう明るい善意があふれる中で、楽しく遂行《すいこう》されるのでなければ――。

事実はまるで違った。あのおぞましさを、多少なりとも軽減《けいげん》しうる唯一の希望は、「きれいにしてあげたい、かわいくしてあげたい」という、本当の善意から始まったのだ、先生は本気でそう望んでいたのだ、と思ってみることだ。きっとそうだったのだ、初めはとは思う。

要するに、散髪は大失敗だった。でもそれ以前に、当の二人が初めから晒《さら》し者にされる屈辱《くつじょく》をずっとこらえていたのは明らかだったのだ。そして、たちまち傍観者特有の残酷《ざんこく》さに染まっていく周《まわ》りの子どもたち。先生こっちが長い、あ、曲がった、もっと短く、もっと切って……。けしかける声、囃《はや》し声、笑い声。熱に浮かされる集団の恐ろしさ。一人のみならず、二人にまで手をつけてしまったものの、思いどおりにならない散髪にだんだん飽きて、騒《さわ》ぐ生徒らに同化してしまう先生……。

前髪を額《ひたい》の生え際までも刈り込んだ下手なオカッパ頭にされた女の子は、鏡の前まで歩いていってから、はらはらと涙を流して戻ってきた。

ああならいいな、こうならいいな、という空想が、ねじれた力の働きで不意に実現されようとする時、違う違う！　と激しく首を振りながらも、空想しようとしたことが、そもそも矩《のり》を踰《こ》えた過《あやま》ちだったのかもしれない、と思えて、悲しく、怖《こわ》くなることがある。

毛虫やらネズミやら

不思議な体験と呼ぶのは、さすがに憚《はばか》られるような、でもやっぱり不思議でたまらないことがあった。

くっきりした明るい陽射《ひざ》しの日だった。官舎から少し離れた「おばあちゃんの家」に、一人で遊びにいき、縁側《えんがわ》から庭に下りていく踏石《ふみいし》の上に座って、ぼんやりしていた。――と、すぐそばの地面の上に、かつて見たこともない太さの、見たこともない焦《こ》げ茶《ちゃ》の剛毛《ごうもう》の、つまり見たこともない恐ろしげな丸々とした毛虫が、じっとしているのに気づいた。

ぞわっとした。こんな時、私がもっともとりそうな行動は、縁側から家の中にそっと逃《のが》れて、あとは、「おばあちゃーん！」と金切り声《かなきりごえ》で呼ばわることだった。ところが、その時の私はそうはせず、全然別のことをした。なぜそんなことをしたか、してみたかったか、それはあの時でさえ、わからなかった気がする。でも、（これは悪いことだ）と思いながらしたのは確かだ。

私は、そっと立ち上がると、すぐそばにあった重そうな石を持ち上げ、静かに、ドンと毛虫の上に置いた。それから少しばかり、石を見つめ、

（このことは黙っていよう）

と心に決めて、縁側から中に入った。

それきり忘れていたそのことを、いやでも思い出さざるを得なかったのは、次の日の朝のことだった。

布団《ふとん》を上げ始めた母が、「キャーッ！」と悲鳴を上げたので、振り向くとどうだ。さっきまで私が寝ていたシーツの上に、見たこともない――どころか、昨日見たば

かりの太さの、焦げ茶の剛毛の、あの毛虫と同じ毛虫が、丸々とした姿で、じっとしているではないか。

「どうしてこんなものが、まあちゃんの布団の中にいるの！」

母と姉が、キャアキャア騒《さわ》ぎたてながら、窓の外に毛虫を投げ捨てたりする間、私は、唇《くちびる》をかむようにして、じっと怯《おび》えていた。どうしてそんなものがそこにいたのか、私には思い当たる節《ふし》がある。

私は、耐えきれずに、前日の殺生《せっしょう》について、打ち明けた。

「バカ！　そんなことするから仲間が仕返しに来たんだよ！」

姉は怒りながら解釈し、母も、おおむね同意した。私が恐れていたのも、まさしくその解釈だった。

けれど、いうまでもなくそんなはずがない以上——あるいは、そうだったとしたらなおいっそう——この出来事は、「不思議な体験」と呼んでおくしかないのだ。

復讐心《ふくしゅうしん》に燃えた仲間の毛虫に布団にもぐり込まれるまでもなく、私はたぶん、毛虫つぶしの常習者《じょうしゅうしゃ》にはならなかったろうと思うし、まして、殺生がエスカレートすることもなかったろうと思う。冷静にあんなことをしたわりに、淫靡《いんび》な喜びさえ、これっぽっちも潜《ひそ》んでいなかったのだから。

だからこそ、クラスのミナエちゃんの家に遊びにいった時のことは、もう、「あっ」と言ったきり言葉を失うほどの衝撃《しょうげき》だった。こんな女の子がいようとは……！　しかもミナエちゃんの場合は、「淫靡な喜び」なんぞというケチくさいものではなく、「あけっぴろげな喜び」なのだった。もっとも、ミナエちゃんが明るく殺生をしたというのではなく、すでに死んでいたものから始まる話だ。

家の周《まわ》りで、私たちが鬼ごっこをしていた時だった。隣の更地《さらち》で遊んでいた数人の子が、「ネズミが死んでる！」と騒《さわ》いだ。それを聞きつけるやいなや、ミナエちゃんは、「ひゃっつほお、すっごいおもしろいから待ってな！」

と言い残し、尻はしょりそうな格好で、更地めがけて駆け出した。そこにいた子たちは、事情を知っているのだろう、「待ってました」とばかりにミナエちゃんを迎える。

ミナエちゃんは、その辺にあった棒切れをつかむと、太った大きなネズミの死体をころがしながら進んだ。向かう先は、偶然そばに止まっていたオート三輪の前輪の前で、そこはちょうど水溜《みずた》まりになっていた。

水溜まりの中にネズミの死体を設置し終えたミナエちゃんは、息をはずませて戻ってくると、

「車が出る時、よーく見なよ！　すっごいおもしろいんだから！」

と言い、私の袖《そで》を引いて、特等席に陣取《じんど》った。そこにいた子どもたちも、みな、それぞれ、運転手さんが戻ってくるのを、今か今かと待つ……。

その後の一瞬に起こった「あっ」という光景は、もう私の瞼《まぶた》に焼きついてしまって、取《と》り除《のぞ》きようがない。それはおもしろいどころではなかったから、私には「笑い」とは無関係の光景だった。でもミナエちゃんは、狂喜乱舞《きょうきらんぶ》し笑いに笑った。青空に突

き抜けるように、晴《は》れ晴《ば》れと堂々と、前歯の抜けた口を大きく開《あ》けて、笑った。「やましさ」など、忍び寄るどころじゃなかったろう。ほかの子どもたちもまた、おおいに笑った。

「昔の子どもは、けっこう野蛮《やばん》で残酷《ざんこく》なことも体験するなかで、生きものとじかに触《ふ》れ合い、自分のからだを通して、命というものを具体的に学んでいったわけです」といった一般的な見解《けんかい》は、おそらく正しいのだろうと思う。つまり、毛虫をつぶすことも、ネズミを破裂させることも、それなりに等しく、年月のなかで、質が転換されるということだ。

――といったからといって、記憶のなかのあれらの現実は年経《ふ》ることがなく、したがって質も転換しない以上は、ただもう、呆《あき》れたり、ぞわっと身をすくめたりしながら、繰り返し思い出すのだ。

じゅん子ちゃんの絵・のぶ子ちゃんの作文

幼稚園の時のこと。教室の壁の上の方に、みんなの描いた絵がぐるりと貼られるのは、いつものことだったが、入り口の鴨居《かもい》の上にあった一枚に気がついた時、言いようのない不思議な心地よさにとらわれた。

クレヨン描きの絵にまじって貼られた、その鉛筆の線だけの絵は、さらりと視線を流すなら目にも止まらないのだが、それ一枚に着目《ちゃくもく》すると、静かな別の世界の窓口のように見えてくるのだった。

画面の左右には、丸く刈《か》り込まれた大きな木が、一本ずつ立っている。ちょうど舞台の枠組みのように。左側の木の下に、ほとんど後ろ向きの、ドレスを着た長い髪の女の人がいて、奥の方に向かって歩いていこうとしている。右側にも同じような人がいるが、こちらは二人連れで、それに、奥に向かって、もうだいぶ進んでいるために、小さく描かれている。この三人が向かっているのは、画面の中央に小さく描かれた、三角屋根の家なのだ。あちらこちらに、ぽつらぽつらと小さな花が咲いている。

これが、じゅん子ちゃんの手による、その絵のすべてだった。しかも、ていねいに描かれてはいても、上手な絵、というわけでもない。それなのに、なぜかどうしてか、見ているうちに、くらっと吸い込まれていきそうになるのだ。たぶん、主題や構成や線や何もかもが、まったく奇跡的に釣《つ》り合ってしまって、魔法の粉をかぶったような空間を作ってしまったのだろう、というようなことが今ではわかる。でも、その頃はむろんわからない。

あの絵をもっと見ていたい、同じのが欲しい。そうだ、描けばいいんだ。あれなら簡単に描けそうだ。そう思って絵を覚えた。前に立って模写するなんて考えつかなかったから、絵をにらんで一生懸命に覚えたのだ。家に帰って描くために。今でも細部を覚えているのは、そんなふうに、暗記したことによる。

帰りぎわに、もう一度にらんでから、忘れないように大急ぎで家に帰って、描いた。何度も、何度も、描いてみた。何度描いても、全然ちがった。そのことが、また不思議なのだった。

何枚も重ねた同じ絵を見て、

「あらま。ヘタ!」

と母が言った。(わかってらあっ!)の気分だった。でも、それを潮時《しおどき》に、試みるのをやめた。

展示替えでその絵が取《と》り外《はず》された時、

「その絵、くれない?」

と思いきって頼んでみた。ところが私が欲しそうにすればするほど、いつもはやさしいじゅん子ちゃんはケチになり、くるりと筒に丸めて帰っていった。

のぶ子ちゃんの作文は、二年生の教室の壁に貼られたものだった。いきなりタイトルが素敵だった。「さいごのぶどうしゅ」というのだ。

宗教にも教養にも縁遠い子どもだったから、イエス様の面影《おもかげ》がちらっと脳裏《のうり》をよぎることもなく、ただ単に最後の葡萄酒《ぶどうしゅ》なのだな、と思いながら読めば、本当に単に最後の葡萄酒なのだった。

そこには、ちょっと舐《な》めてみた葡萄酒の味が忘れられず、夜ごと台所に忍《しの》び込み、ちびちびやり続けるうちに、瓶《びん》を空《から》にしてしまった、ということや、徐々に減少してゆく瓶の中身に頭をひねる父親のことが書いてあるのだった。

けれど、そのわずか二枚の藁半紙《わらばんし》は、のぶ子ちゃんが忍び足で二階から下りてくる姿や、流しの下から、どす黒い瓶をそっと取り出す姿、そして、日曜の昼あたりに、寝ころがりながらふと瓶のことを思い出し、妙だなあと首をひねる、眼鏡《めがね》のおじさんの姿などを、くっきりと映《うつ》し出しているのだった。

わあっ、いい作文！　と、私は心底《しんそこ》感じ入った。ドキドキする暗闇《くらやみ》の冒険、一転してプッと吹き出したくなるのどかさ。それが、響きからして蠱惑的《こわくてき》な「葡萄酒」をめぐって語られる、というところが、断然《だんぜん》いい。

（のぶ子ちゃんて、作文、うまいなあ。こんなふうに書いてみたいなあ。わたしも葡萄酒、飲んでみようかなあ……）

などと思いながら、壁の藁半紙の前に何度も立ったのだ。


じゅん子ちゃんとのぶ子ちゃんに関していえば、描いた絵や書いた作文が好きだっただけではない。二人ともそれぞれに、ちょっとないほど好ましい子どもたちだった。やっぱり、あの、いわく言いがたい魅力を湛《たた》えた作品は、あの子たちの中からひとりでに出てきたということなのだろうか。そうであれば、失われるとか失われないとか、または獲得するとか精進《しょうじん》するとかいう類《たぐい》のものではなく、常に、あの子たちの内部にあるのだ。内部にしか、ないのだ——。

という言葉で、ものを思うことはできなかったけれど、つまり、そういうことを、ため息まじりにずうっと思っていて、今もまだ、やっぱり思っているのだ。

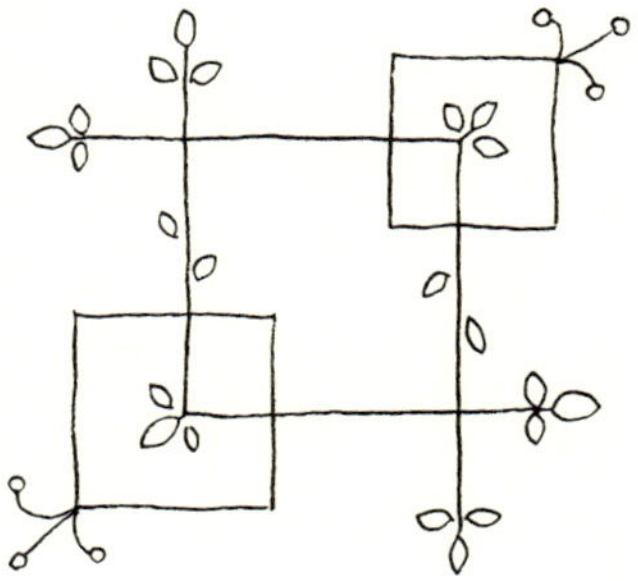

マルやチビや

「おばあちゃんの家」の離《はな》れの縁側《えんがわ》あたりに、マルという、白に茶の斑《ぶち》のある大きな犬がつながれていた。垂《た》れた三角の耳と濡《ぬ》れたような大きな瞳《ひとみ》をしていて、どこか遠くを眺《なが》めながら、じっと座ったまま静かに悲しげにしていた。マルが吠《ほ》えることはめったになかった。

私にとってマルは、庭の中の木などとあまりかわらなかった。私が生まれた時には、もうそのあたりにつながれたきり、じっとしていたのだから。ちょんちょんと触《さわ》ったり、つかまったり、でもたいがいは気にもとめない。マルは、いる、というより「ある」というのに近い、退屈な犬なのだった。

ある時、

「マルだからって、安心してなれなれしくしないほうがいいよ」

と、母が小声で言った（そんなふうに言ったのは、「おばあちゃんの家」には、マルのほかにもまだ犬がいたからで、そっちの連中は、触るのはおろか近づくのだって怖いのだった）。そして母は、マルの意外な過去を明かしたのだ。と言っても、それは母がお嫁に来る前の話なのだから、母もまた、誰かに聞かされてハッとし、とてもそうとは見えない気怠《けだる》さで座っているマルの方を、そっと盗み見る、ということをしたに違いなかったのだが。

「おばあちゃんちでは、昔、鶏を飼ってたんだって……」

と、母は話し出した。

ある晩のこと、家の人たちは、鶏小屋のただならぬ騒《さわ》ぎに目を覚《さ》ました。起きて出てみるとどうだろう。こじ開《あ》けられた小屋の中は、無惨《むざん》に食い殺された鶏たちで埋まっていたのだ。犯人はマルだった。マルはその頃、血の気の多い、悪党《あくとう》犬だったのだ。

「もう我慢《がまん》ならない」。そう思った人々は、マルは「家犬」より、いっそ「山犬」になるべきだと判断を下し、次の日、「山犬」にすべく、山に捨てにいったのだった。

マルを入れた箱をリヤカーに乗せ、祖父はリヤカーを従えたスクーターに跨《またが》って、家の反対方向にある函館山《はこだてやま》を目指し、どんどんどんどん、奥深く奥深く奥深くへと分け入って、マルを置き去りにしてきたのだった。

その何日か後、祖母は、玄関先でみすぼらしい犬を見つけた。

「マルか、おまえはマルか!?　帰ってきたのか!?」

と、祖母は駆《か》け寄ったそうだ。マルは、すっかりやつれ、別人のようにおとなしかったそうだ。

そんなふうにして戻ってきた犬を再び「山犬」にしようとは思わなかったのだろう。以来マルは、静かな「家犬」として、何年も何年も、「おばあちゃんの家」に暮らしたのだった。

山奥で、マルはいったい何を食べ、何を見たのか。いったいどうやって、あの長い道のりをたどり、家を探し当てたのか。身も心も変わり果《は》てるほどの、どんな目にあったのか――。母は、そんなことをしみじみつぶやいたあとで、

「でもさ、小さい子がまとわりついてると、ふっと、鶏をかみ殺した時の気分が戻るかもしれないでしょ」

と、諭《さと》したのだ。

マルが死に、別の一匹も死んでしまうと、「おばあちゃんの家」に残ったのは、チビという、気性《きしょう》の激しいチビ犬だけになった。チビはいつも、藤棚の下につながれていて、不機嫌《ふきげん》そうに額《ひたい》に皺《しわ》を寄せていた。これは、私が再び「おばあちゃんの家」

に住むようになってからの、忘れられない出来事だ。

なぜか、野良犬《のらいぬ》がやたらと増えた時期があった。その中に一匹、毛足の長い、こすっからい目をした雌犬がいた。あらゆる野良犬の中でもっともズル賢《がしこ》いということを、近所の誰もが知っているほど悪名高《あくめいたか》い雌犬だった。その犬が、なぜかチビを慕《した》い、人目を盗んでは会いにくるようになったのだった。私も、二匹がうれしそうに一緒にいるところを何度も見たことがある。祖父母は、あの雌犬許すまじとばかりに、姿を見かけると憤慨《ふんがい》した。

増え続けた野良犬対策に、保健所は、大型ネズミ捕《と》りのごとき装置をもってのり出した。天井にぶらさがった肉塊《にくかい》に食いつくと、ガシャンと入り口が閉まる仕組みの檻《おり》を、空《あ》き地に運んできたのだ。犬がかかると保健所の人が駆《か》けつけ、袋に詰めて車で連れ去る。すると再び、「さ、どうぞお入りになって、おいしい肉を召し上がれ」とばかりに、口を開《あ》けた檻が、次のお客を待つのだ。

通りかかるたびに、誰かしらが中におさまっているのが見えた。仲間の身に何が起こっているか理解できない、鳥アタマの犬たちが、あとを絶たなかったのだ。

ところが、例の雌犬には、肉の一部だけを掠《かす》め取ることさえできたのだった。そして、せっせとチビを訪ねたあげく、祖父母の鼻を明かすかのように、縁の下に数匹の子犬まで産みつけたのだ。

祖父はブリブリ怒りながら、子犬たちを箱に詰めて、自転車の荷台にくくりつけた。保健所の捨て犬置き場に行くつもりなのだった。

「チビの子どもなんだし、一匹くらい飼おうよ」と言うと、祖父は、「あんな野良犬の子なんか!」と鼻を鳴らした。「飼えば野良犬じゃなくなるでしょ」と言うと、「だめだめ、野良犬は野良犬だよ」と、まるで不変の真理でもあるかのように断固として言うのだった。

そんなことがあって、まもなくだったろうか。チビが犬小屋の裏に立ち、生《い》け垣《がき》の隙間《すきま》から通りの向こうをじいっと見ているのを不思議に思い、通りに出てみるとどうだろう。空き地の檻の中には、あの雌犬が入っていた。ついにヘマをしたのだ。

保健所の車が来た日、チビは朝から小屋の奥深くで丸まって、けっして、けっして、出てこようとはしなかった。

小屋の前につながれていたり、野原をさまよっていたりしながら風景の中にとけていた、あの、たくさんいた「雑種《ざっしゅ》」たちのことを、懐《なつか》しく、時に哀《かな》しく、思い出す。

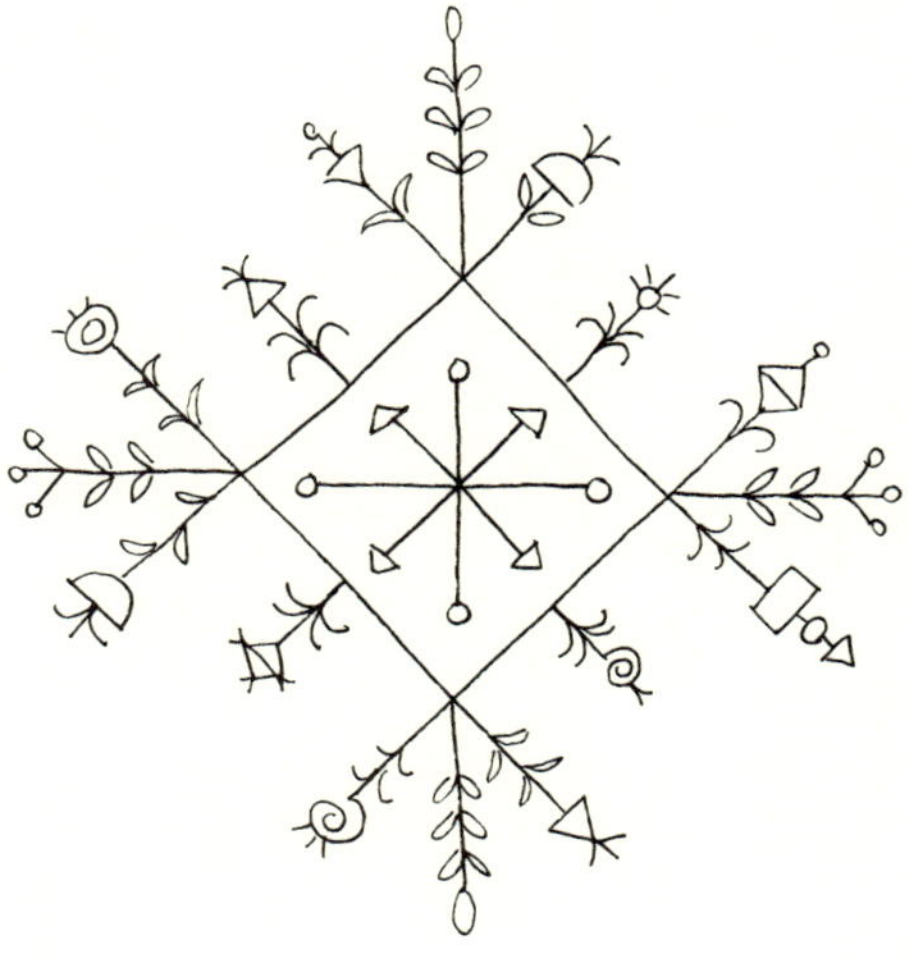

官舎の日々の終わり

曾祖父母《そうそふぼ》と祖父母のいる家で、父母と私たち姉妹の四人家族が暮らすのは、なにかと不自由だったために、二歳半の時に近くの官舎に移り住んだ。けれど、一年生の冬に曾祖父が、二年生の冬に曾祖母が亡くなってしまうと、「おばあちゃんの家」の住人は祖父と祖母だけになった。私たち家族は、再び、「おばあちゃんの家」、つまり私の生家《せいか》に戻った。三年生になってまもなくのことだ。

「いい？　間違わないでね、今日は学校からまっすぐ、おばあちゃんの家に帰るんだよ」

そう言われた日、間違わずに「おばあちゃんの家」に帰ると、官舎のおばさんたちが、引っ越しの手伝いに来ていた。「おばあちゃんの家」にそのおばさんたちがいる、という光景は奇妙に映《うつ》った。

「まあちゃん、ごめん。もういらないと思って、一年と二年の教科書、おばさん捨てちゃった」

門を抜け、家に入ろうとした時、外で片づけをしていた隣のおばさん（官舎のだ）が、すまなそうに笑いながら告げた。足が止まり、同時にどっと、なんともいいがたい悲しみがこみあげてきた。

あの時私が着ていたのは、光沢《こうたく》のある赤のスプリングコートだった。あの瞬間のあの場の光景は、コートの赤と重なって見える。どう答えてよいかわからず、じっと伏《ふ》せていた目に、その色だけが焼きついたのかもしれない。

あの日を境《さかい》に、官舎は遠のいた。

官舎から見る「おばあちゃんの家」は、すぐそこにある暮らしの一部だった。だからこそ、引っ越したからといって、何の違いもありはしないと思っていたのだ。けれど、基本の足場がどこにあるか、意外にもそんなことが、行動と心持ちを左右する力を有《ゆう》していたのだ。

前と同じつもりで官舎の友だちを訪ね、鬼ごっこを始めても、すでに別の人の家になってしまった「うち」のそばを、同じ調子で駆《か》け回ることはできなかった。そして、「おばあちゃんの家」の——もう私の家に違いなかったのだけれど——暗く陰《かげ》った玄関のドアをギイッと軋《きし》ませて、「遊ぼう」と呼びにくる友だちの声は、おどおど響き、前のように弾《はず》むことはなかった。私はまもなく官舎の方へ行かなくなり、向こうからは、一番よく遊んだサッちゃんが、ごくまれに、ぽつりと訪ねてくるだけになった。

三歳から八歳まで丸六年過ごしたあの官舎を、子ども時代の風景から、または手触《てざわ》りから、切り離すことはできない。

玄関、廊下、茶の間、四畳半《よじょうはん》、台所、お風呂《ふろ》、トイレ……。官舎の細部に目を凝《こ》らせば、それを伝って記憶は際限《さいげん》なしに甦《よみがえ》る。

そう、玄関の鍵一つだって――。

黒いつまみをぐるんと倒してかける仕組みのその鍵は、固くて渋くて、一度閉《し》めたが最後、子どもの手で縦に戻すことは、とうてい無理な代物《しろもの》なのだった。それを承知で試みては手の皮を痛くした、あの痛みさえ思い出すのだけれど、黒い鍵を思い描けば、それが、姉によって魔法のように開《あ》けられた、ある晩のことにつながっていく。

あれは、寝間着《ねまき》に着替えている途中で、何かひどい悪さをして姉を泣かせた私が、烈火《れっか》のごとく怒った母によって外に放り出され、鍵をガチャリッとかけられた時のことだ。靴下どめが膝のあたりまでずり落ちたような格好《かっこう》のまま地面から起き上がり、半狂乱《はんきょうらん》になりながら、「ごめんなさい、ごめんなさい！　入れて入れて！」と泣き叫んで玄関に取りすがると、戸の向こうでは、同じくらいに半狂乱になって、「許してあげて許してあげて！」と泣き叫ぶ声と、母と姉が鍵のつまみをめぐってもみ合う気配がし、そのとたん、玄関の戸がガラリッと開けられ、現れた姉と向き合ったのだった。私たちは、一瞬泣きやんで、ぽかんと顔を見合わせた。二人の驚きの大きさは、同じだったと思う。その一瞬のあと、私はまた泣いたが、それは、私を救いたい一心で、信じがたい馬鹿力を発揮し、開《あ》かずの鍵を開けてしまった、姉へのいとおしさのためだった。私が悪さをしたというのに――。

あるいはまた、緑のペンキがはげ落ちた、たてつけの悪い外扉のある土間《どま》――。うちの官舎の裏口にだけは、なぜかよけいに、半畳ほど外に飛び出した土間がついていたのだが、家の外のような中のようなその部分は、外で遊んでいる最中には、不可侵的《ふかしんてき》な避難場所にもなる、ちょっと有利な空間なのだった。

薄緑色の木のドアを、ギイバタンギイバタンと開け閉《あた》てしては、出たり入ったりして遊んだ光景に目をこらすと、土間に穴を掘って宝を埋《う》めたことを思い出す。宝を埋める、というのが流行《はや》った頃、私たち姉妹は、サッちゃんの姉妹と組み、まず初めにサッちゃんの家のそばに共同の穴を掘って埋めた。

ところが、ほどなくして、その穴が荒らされのだった。

「きっとモトコちゃんだ、あの時、こっち見てたもの」

サッちゃんのお姉さんが恨《うら》めしそうに言い、私たち四人で仕返しにモトコちゃんの宝を掘り返したあと――宝のありかをちゃんと把握《はあく》していること自体、思えば滑稽《こっけい》なのだが、とにかく同じように荒らし（束ねた不二家のパラソルチョコレートの柄《え》を、二、三本折ったりしたわけだ）――ぜったい安全な場所を求めて、今度はうちの土間にせっせとシャベルを突き立てたのだった（モトコちゃんのまねをして、パラソルチョコレートの束も加えた）。

もっとも、何日もそこに落ち着いてはいなかった。あまりの安泰《あんたい》さに退屈し、私たち四人は再び暗く狭い土間にこもると、またまたシャベルを突き立てずにいられなかったのだ――。

何とまあ、いろんなことがあったろう、たっぷりと充分に。

それなのに私は、「おばあちゃんの家」に引っ越すと同時に、子ども時代が中途で断《た》ち切《き》られたように思わずにはいられないのだ。不本意に捨てられた教科書のように。赤いコートをじっとにらんで、乗りこえたつもりになっていた失われたものへの思いは、心の底で、ずっとくすぶっていたのだ。

むろん、もっと不本意に、もっと決定的に、もっと苛酷《かこく》に、子ども時代に訣別《けつべつ》させられた人々のことを思えば、こんなのが寝言《ねごと》であることは、いうまでもないのだが。

――そして、そんな寝言を言うような人間だからこそ、さらに、こんな寝言までも言うのだ。すなわち中途で断ち切られたという思いが、子ども時代をきっぱり「過去」にするのを阻《はば》み続けるものだから、私は、ずるずると子ども時代に関わり続けることを選んでしまったのかもしれない、子どもの本を通して、などと――。

官舎の日々の終わり

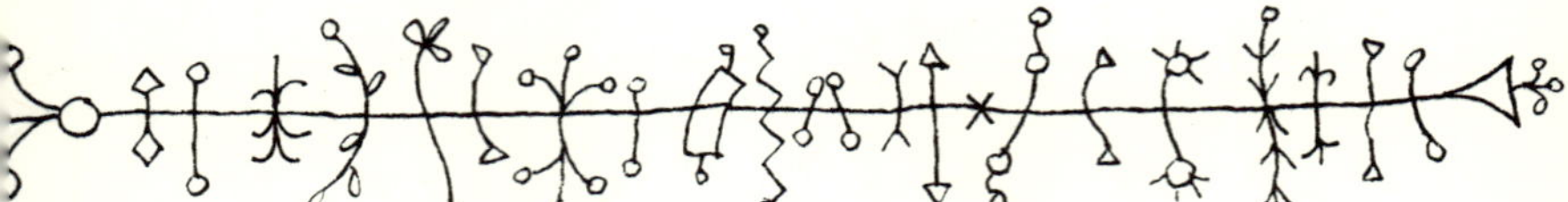

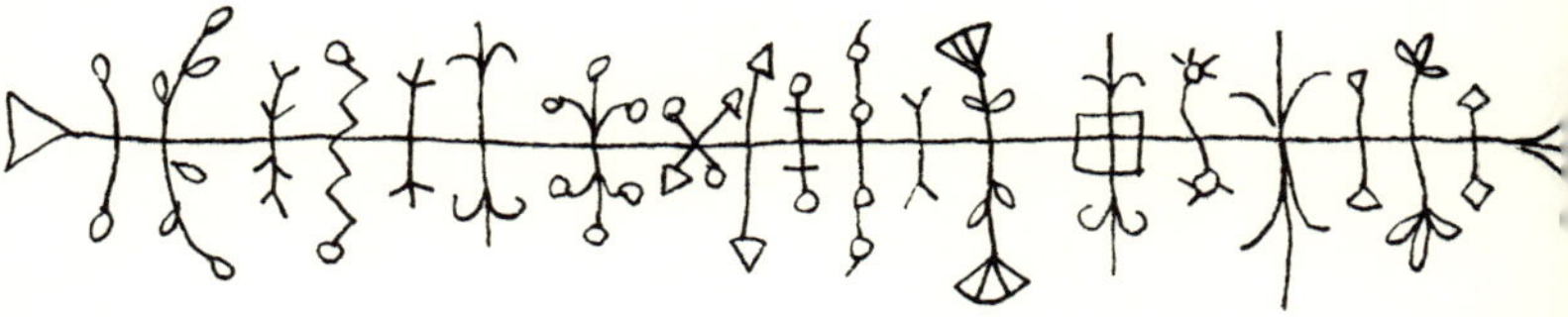

あとがき

やっと歩き出した一歳の頃、真っ黒いお煎餅《せんべい》みたいな襖《ふすま》の取っ手が目の上にあったのは知ってる、とか、ねんねこにくるまって母の背中におんぶされてた時は、母の耳たぶで遊ぶのが楽しかった、とか、信じてもらえないと思うけど、生まれてこようとするときのこと、ほんとにちょっと覚えてる、などと口走ったために墓穴《ぼけつ》を掘《ほ》って、『月刊クーヨン』に「記憶の小瓶」を連載するようになった二年間、「マズイことになったただ……」と、頭の上にも胃の上にも漬物石をのっけて、脂汗《あぶらあせ》を流しながら暮らす羽目《はめ》に陥《おちい》りました。

頭の中に、映像つきでゴチャゴチャと蠢《うごめ》いている幼少期のあれこれを、一度言葉にして、表に出してみたいという欲求が意識下にあったからこそ、瞬間的に、この際やってみよう、という「前向き」の気分になって引き受けたのは確かなのですが、いざ取りかかろうとしたとたん、ハッと我《われ》に返《かえ》り、気持ちが挫《くじ》けてしまったのです。

こんなこと書くに値《あたい》するのだろうか（活字化が前提である以上、読むに値するのか、と同義なのですが）という根本的な疑問が暗雲《あんうん》のようにたちこめたからです。

なにも、「功《こう》成《な》り名《な》遂《と》げた人物の波瀾万丈《はらんばんじょう》の幼年期」だけがそれに値するわけではなく、「どこかのある人」の「取るに足りない幼年期」が書かれたっていいのだ、とは思うものの、「とは言うもののお前ではなし」だろ？　という内なるささやき。なんでアンタの幼年時代のキオクとやらに付き合わされなきゃなんねんだ？　ア〜ナタの過去など知り〜たくないの〜てなもんだい、とささやきは続きます。こうなると胃が捩《よじ》れます。

しかし引き受けたからには、暗雲をなげとばし、執筆を試みるほかありません。ところがたちまち次なる障壁にぶつかりました。ゴチャゴチャと蠢《うごめ》いている記憶のほとんどが、冒頭《ぼうとう》にあげたような、せいぜいが二、三行の描写で片づくことばかりで、まとまった文章の題材になどなりそうもないことに、遅ればせながら気づいたからです。

おお〜い、どおするつもりなんだよお〜！

とまあ、こういう状況の中で、多少とも筋《すじ》があり、「話」の種《たね》になりそうなことを、その都度《つど》、記憶の隅《すみ》から引っ張り出しつつ書き続けた結果、末端《まったん》がところどころ妙に肥大したような記憶集となり、浮かびあがる子どもの像も、つられて歪《いびつ》になりました（そこでつい、確かに私なんだけど、何かちょっと違う……などと言いそうになるのですが、むろん、これは傍白《ぼうはく》。そもそも、限りなく真実に近いわが幼年期像を追求しようという意図《いと》など、ハナからないのですし）。

それでもこれを書きながら、「自分」というものが始まったばかりの頃の「素朴《そぼく》さ」が、なんとなく身の内に蘇《よみがえ》るといった体験をしたことは確かでした。「ピュアな幼年期が、くたびれた現在の自分に警鐘《けいしょう》を鳴らしてくれた」とまではさすがに言わないとしても、どこか、本来の軌道《きどう》に今の自分をのせる、といったような感じを引き起こす作業ではあったのです。

ところでこれは、書いた側にいる私だけが抱《いだ》いた個人的な感慨《かんがい》でしょうか。

扉に記した言葉をむし返すのですが、誰かの幼年期の話というものは、ただそれだけで、聞く人の幼年期の記憶を呼び覚《さ》ますものなのではないでしょうか。これを読んでくださった方は、きっとしばしば読むのを中断し、ふと現れたご自身の幼年期の記憶と、その時の目とを取り戻されたのではないか、と思うのですが。

そうであってくれたらいいと思うのは、子どもの時の自分の目は、なんといっても、子どもと関わる時の自分を支えてくれるからです。ヒントを与えてくれたり、あるいは戒《いまし》めたり――。親きょうだい、先生、友人といった人々が、幼い自分の周囲でどうふるまったか、その時、自分はそれをどう受け止めたか、といった記憶は、少なくとも、子どもに何をしてはいけないかを、教えてくれるものです。

というわけで、みなさんが、この本をそこそこに楽しんで読んでくださり、忘れていたご自身の幼年期と思いがけず再会されたなら、青息吐息《あおいきといき》で書いたかいがあったというものです。

二〇〇四年七月

高楼方子

高楼方子［たかどの・ほうこ］

昭和三十年北海道函館市生まれ。十二歳まで過ごした後、東京で暮らす。札幌市在住。学生時代から創作をはじめ、雑誌に短篇を発表、長編『ココの詩』でデビュー。作絵の「へんてこもり」「つんつくせんせい」「のはらクラブ」シリーズほか、絵本・読み物は多数。長編に、ジプシーの時計職人が登場する函館が舞台の物語『時計坂の家』ほか、『十一月の扉』『ルチアさん』など。『いたずらおばあさん』はじめ、姉の千葉史子さん絵の作品が数点ある。絵本『まあちゃんのながいかみ』『まあちゃんのまほう』『みどりいろのたね』は、まあちゃんが主人公のお話。

「Tさんの災難」、「『ジプシー』との出会い」、「じゅん子ちゃんの絵・のぶ子ちゃんの作文」は、書き下ろしです。

ほかは、「月刊クーヨン」（クレヨンハウス発行）２００２年４月号～２００４年３月号での連載に加筆・修正しました。

記憶の小瓶

高楼方子・著

発行日　２００４年９月第１刷
発行人　落合恵子
発　行　株式会社クレヨンハウス
東京都港区北青山３-８-15
TEL 03-3406-6372　FAX 03-5485-7502
URL http://www.crayonhouse.co.jp
shuppan@crayonhouse.co.jp
印刷・製本　株式会社シナノ

ISBN4-86101-023-3　C0095　NDC914　192P　19.5cm
乱丁・落丁本は、送料小社負担にてお取り替え致します。
価格はカバーに表示してあります。